がらくた

江國香織著

新潮社版

8888

がらくた

I

たくらが

彼女は異国的な顔立ちをしており、手足が細くて長いので、西洋人、もしくはその血の混ざった少女に、見えなくもない。でも私には、彼女が日本人であることが一目でわかった。小さなビキニをつけた身体《からだ》のおうとつの少なさや色の白さ、頭にのせたサングラスの、バービー人形じみた洒落《しゃれ》加減、砂浜に、毎朝無造作に抱えてくる大きな鞄《かばん》。

ブランドのロゴマークがびっしりついた、その茶色い鞄の口をぱっくりあけたまま、彼女はデッキチェアーの上、自分のすぐわきに、それを置いておく。デッキチェアーは、無論寝そべるのにちょうどいい角度に調整されているのだが、彼女は寝そべらず、膝《ひざ》を抱えるかたちでそこに坐《すわ》る。一人で。そして、傍らに置いた鞄から、次々に、実にさまざまなものを取りだす。本、雑誌、サンオイル、化粧ポーチ、ＭＤプレイヤー、タオル地でできたぬいぐるみ、ドロップ。取りだすとき、身をおこして鞄をかきまわすその仕種《しぐさ》が、いかにも用事ありげでかわいらしい。

海外の、こういったリゾート地に馴《な》れていて、物怖《ものおじ》しない子だと遠目にもわかる。人の姿を認めるやいなや現れて、パラソルをひらいたりタオルを手渡したりしてくれるビーチボーイと、二言三言言葉を交わす、その様子も堂に入っている。

波打ち際《ぎわ》に一列、そこからすこし離れた後ろにもう一列、二脚ずつ間隔を置いてひっそりとならべられた木製のデッキチェアーの、彼女は必ず波打ち際の一つを選ぶ。後列を選ぶ私からは、だから恰好《かっこう》の観察対象になる。年齢は、おそらく十五歳から十七歳までのあいだだろう。くせのない髪を背中にまっすぐにたらし、すくなくとも三種類のビキニを持っている。

私と母が、十日の予定でここに滞在して、三日目になる。午前七時三十五分。こんな時間に砂浜にいるのは、私たちと彼女だけだ。他の宿泊客たちは、十時を過ぎるまで姿を見せない。ほとんどが、欧米から来た富裕で年齢の高い人々だ。ホテル専用のプライベートビーチは注意深く色調が計算されていて、風景のじゃまをしないよう、備品のすべてが布の白と木のこげ茶で統一されている。

今朝は波が高い。遠くから音もなく——しかし、わらわらと音に似た震動を伝えなながら──迫ってくる波は、見ているだけで私の胸を満たす。しずかに、でも、わらわらと力強く、くり返し──。それにくらべれば、砕け散る波の音や飛沫《しぶき》、砂をひきこみながら海に戻ろうとする水の音などは、ため息ほどの印象も与えない。それに意識を集中しない限り、存在すら忘れてしまうほどだ。

ふいに人の気配がして、ふり向くと、白いショートパンツだけを身につけた、ビーチボーイの褐色の体があった。

「コーヒーをお持ちしましょうか」

やわらかな英語で尋ねられ、私が口をひらくより早く、

「いただくわ」

と、母が日本語でこたえた。読んでいた本から顔を上げ、

「お砂糖は入れないで、ミルクはどっさりね」

と、にこやかにつけたす。つば広の麦わら帽子をかぶっている母は、相手と視線を合わせるために、思いきり上を向いている。しわの刻まれた皮膚と、くっきりと口紅をひいた唇。七十四歳になる母は、膝が悪く、医療用の杖《つえ》がなければどこにも行かれないのだが、意志の強さと、こわいほどの明晰《めいせき》さは衰えていない。

ビーチボーイが困惑した笑みと共に私を見たので、私は母の希望を伝え、自分用に

ブラックのコーヒーも頼んだ。

　空は果てしなく白いばかりだが、東のほうだけはその白に薔薇色《ばらいろ》が刷《は》かれ、周囲に神々《こうごう》しい金色をこぼしている。気温も、すでにじりじりと上がっていた。

　東京にいれば、私はまだ眠っている時間だ。自宅で。あるいは、仕事場にしている母のマンションの一室で。

「静かね」

　目を閉じて、私は言った。東京での普段の生活のなにもかもが、ほとんど思いだせないほど遠い。いまもそこにいるはずの人々――友人たち、知人たち――はみんな、架空の存在に思える。勿論《もちろん》、夫を除いて。

　夫だけは、距離も時間も越えて、いつでも近くに感じることができる。頬と頬がふれるほど近くに。

「退屈なら、午後に街にでてみたらいいじゃないの」

　母が言った。

「私は髪でもやってもらってるから」

　退屈はしていない、と、私はこたえた。街になどでても、暑くて騒々しいだけだ。

母にスパの予約。忘れないように頭のなかのメモに書きとめ、私は運ばれたコーヒーを啜《すす》った。太陽はもうかなり高い位置で輝いている。薔薇色は消え、かわりに空に青が生れる。

彼女は、コーヒーではなく水をもらったようだ。栓を抜かれた水の壜《びん》と、ひやされたグラスとが運ばれてきた。私は手元の双眼鏡で、ビーチボーイに向けられた彼女の笑顔や、そのときに軽くひねられた上体、貝殻骨《かいがらぼね》に浮かんだ汗、をつぶさに見る。グラスに水を注ぐ手つきや、小指にはめられた華奢《きゃしゃ》な金の輪、頭をのけぞらせて水をのむ、幼さの残る動作や喉《のど》の皮膚や――。

「またあの子を見てるの？」

半ばあきれ、半ばおもしろがるような口調で、母の言うのが聞こえた。本の頁《ページ》をめくる音が、それに続いた。

「おもしろいんだもの。つい見ちゃうの」

双眼鏡を目にあてたまま、私はこたえる。

「暑いわ。さっきの男の子を呼んで、傘の向きを直させてちょうだい」

母が、言った。

私の母は、生れてから一度も家の外で働いたことのない女性だ。もっとも、本人に言わせればこれは正確な言い方ではない。「家のなかでだって働いたことなんかないんだから」。ある意味で、それは事実だ。母にとって、料理は「食べるもの」であり、洗濯や掃除は「させるもの」であり、子供の学校行事だの親類縁者の冠婚葬祭だのは「欠席するもの」だ。

では七十四年ものあいだ一体何をしていたのかといえば、これも母の表現だが「本ばかり読んできた」。たいていの人には信じられないだろうが、事実だ。そして、「でも戦争を生き延びたし、本を読む合間には結婚し、子を産み育てたのだから、もう十分としか言えない」わけなのだ。「私の人生はパーフェクトよ」と、母は言う。でも私は思うのだけれど、完璧《かんぺき》じゃない人生なんて、あるんだろうか。すべての人生はある種の完璧だし、それを私は情事から学んだ。

母にとっての書物は、私にとっての情事とおなじようなものなのかもしれないと、ときどき思う。父の葬儀の席でさえ、母は書物を抱えていた。さすがに読むことはしなかったが、まるで信心深い人間が聖書を持ち歩いているみたいに、片時も手離さなかった。

生前の父は、私にはうかがい知ることのできない理由によって、母を心から頼りにしていた。家庭内の出来事は勿論、仕事上の問題に関しても、弁護士や会計士の意見より、母のそれに耳を傾けた。

午後三時。母はスパでヘアエステというものを受けている。

「お金はあるけれど一人では旅のできない桐子《きりこ》さんと、どんな旅でもできるけれどお金のない柊子《しゅうこ》との二人旅は理にかなってるね」

私と母がしばしばする旅について、夫はそう言って笑う。

「うんと遠くへ行ってくるといい。気をつけてね」

私が決して「遠くへ」行かれないことを、知っていて言うのだ。

テラスは炎天下だが、ヴィラのなかは暗い。仕切り戸がすべて木製なので、昔風の家の、雨戸をたてきったときに似た匂《にお》いがする。私はベッドにうつぶせになり、服も靴もつけたまま、全身で静寂を味わう。幾つもの鳥の声、そこに唐突にふる、信じられないほどの蟬《せみ》の声。

いつのまにか眠っていた。目がさめると五時に近く、私はあわてて起きあがり、電話を持ってテラスにでた。ここにいれば、母が戻ってくるのが見えるからだ。テラスの一部は東屋《あずまや》になっていて、掘りごたつを思わせるテーブルと、小ぶりのベッドほどもある座椅子《ざいす》が四つ配されている。周囲の樹々《きぎ》の、滴《したた》るような緑を、夕方の光がいろどっている。

呼出音三度で、夫がでた。

「やあ」

声は蜜《みつ》になり、たちまち私の耳に皮膚に骨にしみこむ。

「電話をとるより前に、すぐに柊子だとわかったよ」

私はうまく声がだせない。笑顔で、電話を耳にあてたまま、テラスを歩きまわる。猿みたいに。

「でも、遅かったね。今朝かかってくるかと思っていた。なんとなくだけど」

今朝――。私は、ビーチからひきあげたあと、母がシャワーを浴びているときに、電話の前で逡巡《しゅんじゅん》したことを思いだしたが、黙っていた。黙っていても、この人にはわかられてしまうのだ。

「元気？」

私はやっと声をだした。

「元気だよ。ここは午後七時で、僕は働いている。だから隣には塩沢がいて、きみの好きな藤田さんは……あれ、いないな、どこに行ったんだろう」

私は、夫の働くテレビ局の、雑然とした部屋を思い浮かべる。

「そっちはどう？」

「ゴージャスよ。静かで、とてもきれいなところだわ」

「桐子さんは？」

「元気よ。いまスパに行ってるの。五時までだから、もう戻ると思うんだけど」

私は歩きまわるのをやめ、床に足を投げだして坐った。サンダルをはいたはだしの足先を見つめる。日光にあたためられた木の感触。

「またかけるわ」

それ以上声を聞く胸苦しさに、耐えられなくて私は言った。いつもそうなのだ。私はこの人と、電話で長く話すことができない。かすかに、夫が笑ったのがわかった。

「じゃあ桐子さんによろしく。こっちはすごく寒いよ。今夜は雪か、みぞれらしい」

電話を切ったあとも、私はしばらくそこに坐っていた。いまが一月だということを思いだした。成田を発《た》つとき、そういえば母は毛皮のコートを着ていた。

あおむけになると、弱い風にスカートがめくれた。うす青い空だ。私はホテルの備品の、黒い電話機を胸に抱いた。それが夫の腕ででもあるかのように、大事に。

夕食は、二軒あるレストランのうち、タイ料理をだす方の店に行くことにした。タイ料理といっても外国人観光客向けにアレンジされていて、初日に試した私たちは大いにがっかりさせられたのだが、それでも二日目に試したイタリア料理よりはましだった。ワインは、どちらの店でもおなじリストから選べる。

「ここはたしかにサービスのいき届いたホテルだけど」

ヴィラからレストランまでの、母にとっては果てしないと言っていい道のりを歩きながら、周囲をはばかることもなくはっきりと、母が言った。

「食べるものだけはまるで駄目ね」

ところどころにフットライトがあるだけの、暗い小道と暗い階段。すぐ近くに波の音がきこえるが、ここからでは海は見えない。

「昼間にバーでいただいたジントニックも」

鼻にしわを寄せている、とわかる声で、母は続ける。

「まるでお水みたいに薄かったわ」

スパから戻ったあとで二時間ほど眠った母は、とても元気だ。かちゃん、かちゃん。かちゃん、かちゃん。杖のたてる規則的な音が、夜気に響く。

「シャンパンをのめばいいじゃないの。それがいちばん安全だわ」

虫の声、カエルの声、波の音、そして、かちゃん、かちゃん。かちゃん、かちゃん。レストランが近づくにつれ、そこに人々の声が混ざる。

ふいに母が立ちどまり、水からあがった犬のように、頭をふった。いやいやをする子供みたいに激しく。

「どうしたの？」

驚いて尋ねたが、返事を聞くと、私は笑いだしてしまった。

「髪の毛がくさいわ。ヘアパックだかヘアクリームだか知らないけど、さっき塗りたくられたもののせいね。くさい」

情なさそうな、困ったような顔で母は言った。実際には、それは古典的なコールドクリームの匂いで、だからそう「くさい」わけでもなかったが、笑いながら私は、

「ほんとうだ」

と、肯定した。あまりにも母にそぐわない匂いだったからだ。

「古き良き時代の、やさしいお母さんの香り」

そう言うと、母はますます情なさそうな顔になった。

レストランでは、プールに面したテーブルに通された。足元に蚊とり線香が置かれる。一つ空いたテーブルをはさんで、隣に彼女が坐《すわ》っていた。父親だろうと思われる男性と二人で。ゆうべもそうだったし、昼間にロビーですれ違ったときもそうだったのだが、私たちは軽く会釈《えしやく》をしあった。宿泊客のなかで、日本人は二組だけらしい。

彼女はいかにもリゾート地仕様の、赤いジャージィドレスを着ていた。

「乗馬にはいつでかけるの？」

注文をすませたあと、母が訊《き》いた。シガレットケースをあけ、火をつけていないままの煙草《たばこ》を、細い指にはさんでいる。私はウェイターをつかまえて、灰皿をもらった。東南アジアの国々のいいところは、煙草の喫《す》えるホテルやレストランの多いところだ、と、母は言う。

「さあ、まだ決めてないけど。あしたは海に入ってみたいと思ってるから、あさってか、その次かな」

すこし離れた場所に、浜辺で乗馬のできる施設があることを、私は事前に調べてあった。あちこちのテーブルから、ハーブをたくさん使った料理の匂いが流れてくる。風が吹くと、プールの向う側につるされたウインドチャイムが、ころんころんとやわらかな音をたてた。

シャンパンが運ばれ、私と母はグラスを合わせた。つめたい液体が喉を滑る。

黒タイル張りなので、プールの水は、夜空より黒々としている。おまけにぽっかりと白い蓮《はす》の花が幾つも浮かべてあるので、プールというより池のように見える。四角すぎるけれど。

「すみません」

声がして、室内に目を戻すと、ジーンズにアロハシャツという恰好《かっこう》の、おそろしく日に灼《や》けた、彼女の父親が立っていた。

「失礼なことを訊くようですが、お二人はその、今晩もこのあとワインを召しあがる御予定ですか」

ええ、と母がこたえるのに、一拍間があった。質問の唐突さに、さしもの母も戸惑ったのだろう。

「いや、すみません。ゆうべもお二人で、あっちの店で、シャンパンとワインを両方ボトルで頼まれていたので」

では、と私は思った。ではこの人は、私たちがそれを二本とものみ残し、部屋に持ち帰ったところも見ていたんだろうか。

「グラスでは碌《ろく》な選択肢がありませんから」

今度はきっぱりと、母が言った。アロハシャツの男性はにっこりする。

「わかりますよ」

屈託のない、気持ちのいい笑顔だ。

「今夜のワインは僕にごちそうさせていただけませんか。その、一杯ずつ、くらいかな、三人で分けると」

娘は、と言って彼女を見て、まだアルコールがのめないもので、と、説明する。

「見ればわかりますよ」

母は言った。

「でもあなた、あなたはそんなにお若いのに、ワインが一壜《びん》召しあがれないの？」

「ママ」

ついとがった声がでてしまった。母は涼しい顔をしている。夫が見たら、桐子さんの面目躍如、と言うだろう。

男性は両方の眉《まゆ》を持ち上げたが、意外にもひるまず、

「のめと言われればのみますが」

と言って、またにっこり笑った。私たちは、彼の提案を受けいれることにした。

「白で、銘柄はおまかせします」

母が言い、彼は自分のテーブルに戻った。そして、そのやりとりのあいだじゅう、彼の娘は私たちに背を向けて、無関心を決めこんでいた。

私たちが食事を終えたのは、彼らがもう部屋にひきあげたあとだった。

「おいしいワインだったわね」

ナプキンで口を拭《ぬぐ》い、目元をほころばせて母は言った。彼が選んだのはオーストラリア産のシャルドネで、ボトルを見たときの母は眉をひそめたのだったけれども——。豊かな、おおらかな味のするワインで、海辺の空気によく合っていた。

お風呂《ふろ》から上がると、私はバスローブを着て洗面台の前に立った。鏡をのぞき、すぐ後ろに、夫が立っていることを想像する。違う。想像するのではない。すぐ後ろに夫が立っているのを、はっきりと感じる。私の腰に腕をまわし、ローブの紐《ひも》をほどくのを感じる。ゆっくり。

可笑《おか》しい。私が旅にでるのは、夫から離れるためだというのに。でも、あるいは、離れていないと確認するためだろうか。午前零時十五分。夫の右手がローブのなかにすべり込んでくる。乾いた、あたたかな手のひらが、私の左脇《ひだりわき》を這《は》い、左胸を包む。ゆっくり。

テラスから、虫の声にまざって、夜遅くにだけ鳴くらしい生きものの声がきこえる。鳥なのかカエルなのかわからないが、グアッ、グオゥ、と、それは鳴く。間隔を置いて、短く。びっくりするくらい大きく力強い声で。このヴィラの周囲は、昼間よりも夜の方が賑《にぎ》やかだ。

ベッドでは、母が小さないびきをかいて眠っている。バスタブも洗面台も、部屋の隅にぽつんと置かれただけの造りになっているので、鏡の隅には、母の寝ているベッドがこんもりと白く映っている。

夫との情事は、私の人生におけるもっとも突飛なできごとだった。何というか、高層ビルの屋上から飛びおりてしまうみたいなことだったのだ。飛びおりたら死んでしまうとばかり思っていたのに、私の背中には羽根がはえていて、なんだ、飛べるんじゃないの、というような。

だいたい私は、自分がたった一人の男だけを愛するようになるとは思ってもいなかったし、世の中の、自分はたった一人の男だけを愛していると言い張る女たちはみんな、嘘吐《うそつ》きか馬鹿者《ばかもの》かのどちらかだと思っていた。結婚は、恋愛という甘い砂糖で飾られた保身だとしか思えなかった。保身を計るのは、悪いことではないにしても。もし七歳の私や十四歳の私、二十六歳でも三十二歳でもいいのだが、ともかく夫と出会う前の私に訊くことができたら、自分が結婚するなどということは、いつか自分がフィギュアスケートの選手になって、氷上でくるくる回る、というのとおなじくらい想像ができない、とこたえただろう。

幾つもの恋をしてきたし、その男の人たちを、私はいまも愛している。たとえば偶然再会し、その気持ちを伝える機会がやってきたら、言葉も体も何一つ惜しまず、私はそれを伝えるだろう。

三十七歳の夏に、私は夫と結婚した。いまから八年前だ。私たちの結婚は、それが何であるにせよ、保身ではなかった。そして、私は夫に所有されることによって、はじめて解放されたのだった。

夫とは、仕事を媒介として知りあった。私は翻訳家だが、専門は美術史で、美術関連の催し事の、通訳とかキュレートとか、翻訳以外の仕事も多い。夫のつくっていたあるテレビ番組の、通訳およびコーディネートに駆りだされたのが出会いだった。一年後には一緒に暮し始め、その半年後には入籍した。

彼女の名前がミミだとわかったのは、海辺に設《しつら》えられた簡素なバーで、すこし話をしたときだった。午後で、母は部屋で昼寝をしていた。海は、いっそ味気ないと思われるほど、水が澄みきっていて穏やかだった。三十分ばかり泳いだあとで、バーに行くとそこに彼女と父親がいた。

「こんにちは」

にっこりして、私は言った。水着にローブを羽織っただけの恰好で、びしょ濡《ぬ》れの髪と砂だらけの足で。

「ゆうべはごちそうさまでした。ワイン、とてもおいしかった」

彼女の父親もにっこりした。私はカウンター席に坐ったが、それは店内に一つだけあるテーブル席の彼らと、背中あわせになる位置だった。天気、気候、滞在日数、日本ではどこに住んでいるのか。こういう場合に人が話すのであろうと思われることを、私たちは話した。あるいは他の宿泊客たちについての軽口——迫力のある肉体、金色の指輪に腕輪に首飾り、腕時計。中年以上のカップルばかりなのだが、皆仏頂面《ぶっちょうづら》でいながら、不思議な仲のよさを見せつけてくれている——を。あいだに小さな笑い声や相槌《あいづち》をはさみながら、ぽつぽつと私たちは話した。

彼女は水着にパレオをまいた姿だったが、髪も体も乾いていて、爪先《つまさき》から塗ったばかりらしいエナメルの匂《にお》いがした。反対に、父親はTシャツにジーンズだったが、シャワーをあびたばかりのように濡れた髪をしていた。

彼女が毎朝一人で砂浜に来るのは、父親がべつなビーチにサーフィンをしに行っているからだ、ということもこのときにわかった。

「おいでって言うんですけど、ここが気に入っているらしくて」

父親はそう言って笑った。美しいというのではないが、感じのいい笑顔だ。やさしそうな男性で、ひきしまった体型をしているし、きっとミミの自慢の父親なのだろうと想像した。

「ミミ？　随分へんな名前ね。どんな字なのよ」

部屋に戻ると母はもう起きていて、本を読んでいた。バーでのできごとを話すと、そう言って鼻にしわを寄せた。

「知らない。彼女に名前を訊いたわけじゃないもの。彼女の父親が、そう呼んでるのを聞いただけだから」

泳ぐのは好きなのに――。手足を大の字にひろげ、私はベッドに倒れこむ。泳ぐのは好きなのに、三十分も泳ぐとぐったりしてしまう。

「父親は何ていう名前なの？」

「知らない」

重たい腕を持ち上げ、顔の上にのせた。部屋のなかはエアコンがきいており、涼しくて薄暗いが、それでもこうすると安心するのだ、昔から。

「でもジントニックをのんでたわ。ママがお水みたいに薄いって言ったあのジントニックを、とてもおいしそうにのんでた」

思いだして私が言うと、母はふんと鼻を鳴らした。

「洗いたてみたいなTシャツを着てた。近づくと洗剤の匂いがしたの。古ぼけて、色《いろ》褪《あ》せたTシャツだったけど清潔そうだった」

「あんたは匂いばかりかいでいるのね」

ぴしゃりと言われ、私は言葉につまった。

「子供のころからそうだったわ。あんたは匂いばかりかいでた」

「匂いは現にそこにあるんだもの」

小さな声になった。言い訳をするみたいに。いずれにしても、と、母は言った。

「いずれにしても、今度もしレストランであの人たちに会ったら、こちらがワインを差し上げなきゃならないでしょうよ」

でも、その機会はしばらくめぐってこなかった。というのも、その夜は、母が疲れたから夕食はルームサービスで済ませたいと言いだしたからで、次の夜は、どちらのレストランにもあの父娘《おやこ》の姿がなかったからだ。


ここに来る前の晩、夫が帰宅したのはいつものように深夜だった。荷物を詰め終った私の旅行鞄《かばん》が、寝室の床に置いてあった。

「行っちゃうのか」

それを見おろして夫が言い、

「そうよ。行っちゃうのよ」

と、つとめて軽やかな口調で私は言った。ほんとうは、すぐにでも旅行をとりやめにしたかった。十日も離ればなれになるなんて、考えるだに心細く、無謀なことに思えた。

「懲《こ》りないねえ」

苦笑まじりに夫が言い、

「懲りないわ」

と、私は即答した。ときどき思うのだけれど、私が夫に何か言うとき、それは言わされるのにとても似ている。私はこの男の望む女でいたいし、この男の望む言葉だけを口にしたい。

「でも、あなたも一緒に行ってくれればいいのに」

そう言って、ベッドに腰掛けていた夫と向い合うかたちで、彼の膝《ひざ》に馬乗りになった。右手を夫の左手と、左手を夫の右手とつなぐ。全部の指が、互いちがいに組み合わさるように。夫は外気の匂いがした。外気とタクシー、煙草とお酒、それからたぶん、羊肉の匂い。

「遅れて来てくれるのでもいいわ。二晩か三晩、あるいは週末だけでも」

私は夫の目を見つめた。それはアルコールのせいでやや潤《うる》んでいるが、決して酔っ払ってはいない。おもしろがるような光をたたえ、私を見つめ返している。

「一人で行くのはいやだわ」

ささやかな抵抗——。それもまた夫の望むものの一つだ。

「一人じゃなく、桐子さんと一緒だろう？」

夫は片手で私の頭を抱きよせ、朗らかに言った。

「どうしても来てくれないの？」

尋ねると、

「嫉妬《しっと》してるの？」

と、訊《き》き返された。

「そうよ」

即答した。夫には複数のガールフレンドがいるし、私のいないあいだ、彼女たちが夫と過ごす甘やかな時間を想像すると、気も狂わんばかりに悲しくなった。

無論これはばかげたことと言わなくてはならない。私が旅にでようとでまいと、夫は彼女たちと会いたいときに会えるし、したいことができる。天から授かった魅力を──本人が意識しようとしまいと──振りまかずにいられないのだ。仕方のないことではないか。女の子たちは現にたくさんいるのだし、それはこの世にゴキブリがいたり税金があったり、子供がいたり奇跡が起きたりするのとおなじことだ。避けられない。

「ばかだね」

夫に笑われ、私は気をとり直す。

「ほんとね」

こたえると、背中をやさしくたたかれた。私はたちまち安心する。声をあかるくして、

「藤田さんは元気？」

と、尋ねた。

「今夜一緒だったんでしょう？」

「一緒だったよ。チームだからね」

人は人を所有できるが、独占はできない。私が情事から学んだことの一つだ。そして、それでもどうしても独占したいと望むなら、望まないものも含めたすべてを──

たとえばガールフレンドたちごと夫を——所有する以外にない。

「みんなでジンギスカンを食べたよ。それから彼女の部屋に行った。絵について話したよ。柊子がこのあいだ見せた画集が気に入ったらしい。いつかリトを手に入れたいと言ってた」

「そう」

私は微笑《ほほえ》み、夫の頬に頬をつけた。藤田さんの肌の感触を、間接的に味わおうとするみたいに。

どのくらいそうしていただろうか。一分？　もっとかもしれない。私はここよ。胸の内で何度もくり返した。おまじないみたいに。やがて夫がそれに気づいたのがわかった。私の肌を、ただ私の肌としてだけ認識し、感じ、受け容《い》れたことが。

それから私たちはセックスをした。相手を新しく確かめるみたいに、初めはおずおずと、ある時点からいきなり激しく。

翌朝は、冬らしく空気のひきしまった曇天だった。

「行っておいで。直線距離で、たった五千数百キロだよ」

私は夫に笑顔で送りだされた。五千数百キロ。でもそれは、随分と遠い。旅にでると決めたのは私なのに、私は夫に見捨てられるような気がした。あるいはすくなくとも、またしても試されるような気がした。

　オレンジ色の浮輪にすっぽりと収まって、つば広の帽子をかぶったままの母がプールに浮かんでいる。時折ふく風に流されて、ゆっくりと移動していく。風が止《や》めば母も止まる。日盛り。プールには他に、アメリカ人らしいカップル――中年の男と若い女――が一組いて、それまではしゃいで、水しぶきを盛大にあげて泳いだりじゃれたりしていたのだが、母が入ると気の毒なくらい遠慮をして端に寄り、女が男につかまってオットセイの恋人同士みたいな恰好《かっこう》でしずかに一泳ぎすると、ざばりと上がってどこかに行ってしまった。幸福そうなくすくす笑いと、数分で乾いてしまう足跡を残して。

　母は依然としてただぽっかり浮かんでいる。プールのまんなかへんに、一人で。

「大丈夫？」

　声をかけると、にっこり笑って手をふってよこした。たのしんでいるのだ。私は胸をなでおろす。風がふき、ゆらゆらと母は移動していく。しわが寄り、筋ばった両肘《りょうひじ》をしっかり浮輪にかけた恰好で。

　私は仕事を一つ持ってきており、プールサイドでそれにとりかかった。モネを中心とした印象派の画家たちのメモワールで、新味には欠けるが興味深い書物だ。日本で、印象派の画家たちがなぜこうも好まれるのかはわからない。わからないが、それについて書かれたものを訳す仕事は気に入っている。

しずかな午後だ。すぐそばに置かれた母の医療用杖《つえ》に、ぎらぎらした日ざしが反射している。

十日というのは確かにながい。テラスでシャンパンをのみながら、私は打ち上げられた流木みたいな気持ちでぼんやりと思った。夕暮れ。きょうでまだ六日だ。シャンパンは、私と母が前夜にのみ残し、部屋に持ち帰ってそのまま冷蔵庫に入れておいたものだ。私の思うには、このホテルでいちばんすぐれているのは冷蔵庫だ。何もかも、極限まで冷える。備えつけの飲料がすべてガラス壜《びん》入りなのは、そのせいではないかと思う。到着した日にペットボトル入りの水を入れておいたら、一晩で氷になってしまった。

母はシャワーを浴びている。夕食のための身じたくに、あと三十分はかかるだろう。風が樹《き》の葉を揺らしている。金色の粒子になってそこらじゅうに満ちている光。目を閉じて、耳を澄ませ、私は夫を感じようとしてみる。耳のうしろに、首すじに、左の太腿《ふともも》のあたりに。息をすいこみ、その息を吐きだす。大丈夫。夫の言うのが聞こえる気がした。そばにいるから大丈夫——。でもそれは、逆の効果を生んでしまう。私はもどかしさに身悶《みもだ》えし、ままならなさに、心臓が地団駄を踏む。目をあけると私は一人ぼっちで、樹々の緑も夕空も敵で、手に持ったグラスと、そこに半分ほど入って揺れている、シャンパンだけが仲間であるような気がした。

波の音にまざって、ヴィラとヴィラのあいだのどこかを、誰かが箒《ほうき》で掃く音がきこえる。ここでは、いつも誰かしらがどこかしらを掃除しているのだ。しずかすぎるから、夕暮れにはその音が際立《きわだ》ってしまう。直線で五千数百キロ、時差は二時間。生活の気配は私に、いやでも夫のいる場所との隔りを思い知らせる。

「柊子」

網戸ごしに、母の呼ぶ声がした。

「なあに」

薄暗い室内に戻ると、下着姿の母が立っていた。クロゼットの扉にカエルがはりついていて、こわくてあけられないのだと言う。見るとたしかにいた。中くらいの大きさのカエルで、つぶれた果物のような形をしている。

「平気よ」

それを見つめたまま私は言った。

「カエルは咬《か》まないもの」

母はこたえない。それから目が離せないのだ。私はこういった小動物が嫌いではないが、いきなり飛び跳ねられるのはいやだった。

「持ってて」

グラスを母に渡した。

「いい？　あけるわよ」

そっとあければ大丈夫、と、自分に言いきかせた。息をつめ、扉に手をかけて引いた。悲鳴。ものすごくうるさい、しかも、一つじゃなく二つの。二つ目は自分の声だった。私は両手を耳のあたりまで上げて、叫びながらしゃがみ込んでいた。声が止まっても、手足は震えていた。

「びっくりするじゃないの」

立ち上がって、言った。

「どうして急に叫んだのよ。しかも私の真うしろで。もう、何なのよ。びっくりするじゃないの」

文句を言う声も、まだ震えていた。母は硬直したように立ちつくし、グラスの中身は母の手を濡《ぬ》らし、床に小さな水たまりをつくっている。

次に起きたのは笑いの発作だった。どちらが先だったのかわからない。気がつくと二人とも笑っていた。何が可笑《おか》しいのかわからないまま、でもただ可笑しくて、目尻《めじり》に涙が滲《にじ》み、苦しくなるまで笑った。

無事にあいた扉には、その大騒ぎに気を失ったのかもしれないカエルが、おとなしくはりついていた。


今朝、ミミに会った。ホテルに母を残して、バン・タオビーチまで馬に乗りに行ったときのことだ。暑くなる前がいいだろうというコンシェルジェの助言に従って、午前七時に予約を入れてあった。クラブハウスは土着的かつ家族的な、率直に言えばおんぼろな施設で、受付と思われる小屋には、泣きわめく赤ん坊を含め、五、六人の子供が立っていたり坐《すわ》っていたり、物を食べていたりした。私を見ると、そのうちの一人が奥に向かって何か言い、するとようやく、大儀そうに大人が現れるのだった。

私は馬が好きだ。どんなに人馴《ひとな》れした馬でも、どこかに人を信用しない部分があり、そこに惹《ひ》かれるのだ。動物らしいまっとうさに。

ブラックアイズ、というのが、その日私に与えられた馬の名前だった。鹿毛《かげ》だが、たてがみは脱色したようにぱさついたオリーブ色だった。体の小さなオス馬で、五歳だという。農耕馬のような体型で、疲れているように見え、クラブから砂浜までコンクリート舗装された道を、従業員に先導されながらぱかぽこと、営々と、のろのろと乗っていくときには可哀相でならなかった。気温もすでにあがり始めており、こんな場所で乗馬をしようなどと考えたことを、半ば後悔しかけたほどだ。

砂浜に着くと、しかし馬は元気をとり戻したようだった。軽く蹴《け》って合図をすると、待ちかねていたとばかりに勇んで飛びだした。いきなり。そしてとても快調に——というか傍若無人に——白砂の上を駆けまわった。私は悲鳴に似た笑い声をあげ、手綱を引き、でもまたすぐに馬を自由にさせた。それは実際、ちょっとした驚きだった。水がいやではないらしく、濡れることをまるで厭《いと》わずに、馬は波打ち際を、しぶきをけたてたてまっすぐに駆けた。

「いい子ね」

「すばらしいわ」

私は前かがみになって、ときどきブラックアイズに耳打ちしたが、声は波音にかき消されてしまった。

折り返すとき以外はほとんどスピードを緩《ゆる》めず、早くも開店準備をしているアイスクリーム屋の屋台や、不規則に点在するパラソルのあいだを、私たちは駆け抜けた。ひとしきり遊び、従業員の待っている場所に戻ったときには、どちらも頭まで波に濡れていた。

「ありがとう。たのしかったわ。気だてのいい馬ね」

ブラックアイズの、泡のような汗をふきださせている首を、ぽんぽんと叩《たた》いて労《ねぎら》ってやりながら、私は従業員に言った。馬をひき渡し、心づけをはずんだ。そして、そのとき彼女が見えたのだった。ずんぐりした馬に乗り、コンクリートの舗道を、ついさっきの私とおなじようにのろのろと、途方に暮れた顔つきでやってくる。ホテルで見る彼女より、ずっと幼い。タンクトップにショートパンツという、無防備な服装のせいかもしれない。

私は彼女がそばに来るのを待った。

「おはよう」

声をかけると、会釈《えしやく》と素直な笑顔が返った。驚いたことにイヤフォンをつけ、プレイヤーをポケットに入れている。麻糸を編んだ白い手提げは、手首にひっかけられたままだ。

「それ、走るときに落ちると思うわよ」

コードを指さして言うと、

「走るの？」

と、訊《き》き返された。怪訝《けげん》そうに。

かちゃん、かちゃん。かちゃん、かちゃん。他の宿泊客たちにとってもすでに耳馴れてしまったであろう杖の音をたてて、私たちはレストランにおりた。夜気にまざった潮の香と、フットライトだけが頼りの暗い道。草のあいだを虫の跳ねるのが見える。大蒜《にんにく》とハーブの匂《にお》い、人の話し声、そして灯り、ウインドチャイムのやわらかな音色。

「ハロー、ママ、こんばんは」

私たちの姿を認めると、ウェイターの一人が笑顔で近寄ってきて、母に椅子《いす》をひいてくれた。母は、いつのまにか皆に「ママ」と呼ばれている。

「シャンパンと灰皿をお願い」

日本語の注文もそのまま通った。

棟続きになった隣のレストランに、父娘が現れたのは三十分ほどあとのことだった。

私は母に言われるまま、そのテーブルにワインを一壜差しあげるようウェイターに頼んだ。

今夜のミミは、黒いワンピースを着ていた。胸元が大胆に刳《く》れ、ウエストまではぴったり身体《からだ》に沿ったかたちで、そこからギャザーでふくらませたスカートが、華奢《きゃしゃ》な腰を覆《おお》っている。長く伸びた細い足。かかとの高いサンダルは黒のスウェードで、足首にストラップでとめる仕組になっている。毎朝砂浜で化粧ポーチを出し入れし、またつ毛を持ち上げるための器具など使っているところをみると素顔ではないのかもしれないが、こうして離れた場所から観察する限り、化粧気はないように見えた。そして、そのことがなおさら彼女の生れつきの美しさ、のびやかな肢体の醸《かも》しだす清潔な色香《いろか》を、際立たせている。

「またあの子を見てるのね」

揚げた里芋をフォークでつつきながら、母が言った。

「いけない?」

私は言い、強すぎた語調を後悔して、

「きれいなんだもの。つい見ちゃうの。どうしてだか、目がいっちゃうのよ」

とつけたした。母は私をまじまじと見て、

「ばかね。どうしてだかわからないの？」

と、言った。シャンパンを水のようにごくりとのみ、グラスを置く。

「嫉妬《しっと》でしょうよ、それは」

したり顔で言った。

「嫉妬？　だってまだ子供じゃないの、ばかばかしい」

「だからこそでしょ。子供と大人の中間で、あんたが失ったものと手に入れたものを両方持っていて。いましかないっていう種類の生命力があるから」

私は笑い、甘い味のする青菜を口に入れた。ここの料理は何もかも甘く、シャンパンで流しこまなくてはならない。今朝乗馬にでかけて彼女に会ったことを母に話した。彼女がひどく幼く見えたこと、乗馬は初めてで、初心者用の馬が走るとは思わなかったと言ったこと、彼女が馬に乗るあいだ、私が手提げだのサングラスだのＭＤプレイヤーだのを預って、保護者みたいに立って待っていたこと。実際、私は彼女の母親といっても十分な年齢なのだ。

「話してみたら、素直ないい子だったわ。十五歳で、この春高校に進学するって言ってた」

彼女の通う、都心の女子校の名を私は言った。深緑色の制服の、名の通ったお嬢さん学校だ。

その先は、母には言わなかったのだが、厩務員《きゅうむいん》に端綱《はづな》を取ってもらったまま、彼女は砂浜を往復した。こわごわという体だったが姿勢はよく、ほんのすこし駆け足になっただけで朗らかな笑い声をたてた。

「やめて。走らせないで。こわいわ。落ちそう」

そんなことを英語で叫んだ。若い厩務員はサービスのつもりか、さらに馬を駆けさせた。朝陽のなかで、悲鳴とも歓声ともつかない声を、ミミは楽し気に上げ続けた。

手に持っていた彼女のイヤフォンを、私は耳にさし込んでみた。スイッチを入れると、大音量でステッペンウルフが流れた。そのとき私は裸足で、波に足を洗わせて涼んでいる状態だったのに、その波音さえ消し飛ぶ過激な音量で、あの懐《なつ》かしい男たちがBorn to be wild, Born to be wild,と歌っていた。私はあわててスイッチを切った。何かを予期していたわけではないのだが、ステッペンウルフは、あきらかに私の予期しないものだった。盗聴の罪悪感に、私は竦《すく》むほど恥入った。

戻ってくると、彼女は満足した様子で頬を上気させていた。

「たのしかった？」

尋ねると、こっくりとうなずいた。

「あなた、独身？」

ミミにいきなり尋ねられたのは、クラブハウスの石段に腰掛けて、迎えの車を待っているときだった。

「いいえ。結婚してるわ」

周りには子供たちと痩《や》せて汚れた犬がいた。ここは野良犬の多い土地だ。

「一緒にいる人はあなたのお母様？　それとも御主人のお母様？」

「私の母」

こたえると、ミミはすこし考えて、

「じゃあ都合がいいかもしれない」

と、言った。

「何の都合？」

尋ねてもこたえず、

「うちのパパはあなたに興味津々《しんしん》よ」

と、いきなり言った。

「気づいてるでしょ？　だって、そうでなきゃこんな場所で、知らない人にわざわざ話しかけたりしないわ」

私は眉《まゆ》を上げ、呆《あき》れ顔をすることでたしなめたつもりだった。返答に窮したからでもあるのだが、いずれにしてもミミは気にするふうもなく、世間話のような口調で、外国に来るとパパはいつも新しいガールフレンドをみつける、とか、その関係は長くは続かないが、どろどろになったりもしない、なぜなら大人同士だから、とか、言った。白い手提げからペットボトル入りの水をだしてのみ、おなじ手提げから虫さされの薬をだして足に塗った。パパは早起きをしてサーフィンにでかけ、帰ってから昼食までお昼寝をするからそのあいだにお部屋に遊びに行けばいいと思う、と言い、御丁寧にコテージの番号まで告げ、もちろんあなたにその気があればだけど、と、つけ加えた。

ないわ。私はそう言ってあげるべきだったのかもしれない。彼女がどういうつもりでそんなことを言ったにせよ、私が拒絶すれば安堵《あんど》に胸をなでおろしたのかもしれない。

「そうね。じゃあ、考えておくわ」

私はそう言った。タンクトップにショートパンツ、という子供じみた恰好《かっこう》のミミはまぶしそうに顔を上げ、私を見てにっこり笑った。そして、それぞれ別の車に乗って、おなじホテルに戻ったのだった。

「これは何?」

うさんくさそうな、母の声が聞こえた。見ると、ココナッツとレモングラスの味のするカレーの、中にたくさん入った丸いものをスプーンでつついている。

「大ぶりのグリンピースかと思ったけど、それにしちゃ柔らかくて、ほおずきみたいな味がするのよ」

食べてみたが、私にも何だかわからなかった。

注文した覚えのない食後酒が運ばれてきて、隣の店を見るとミミと父親が手を振っていた。母が苦笑して、きりがないわね、と、言った。

翌日は午前中に海で泳ぎ、午後にエステを受けた。夕方、母が部屋で休んでいたので、私はライブラリー——蔵書はわずかしかないが、そう呼ばれる施設がここにはついているのだ——で仕事をした。

マチエール=絵の具の物質性、モデルニテ=モダニティ。翻訳という作業は、ときとして私を困惑させる。マチエールという言葉はマチエールでしかあり得ないのではないだろうか。モデルニテとモダニティでさえ、それぞれ固有の意味と気配と質量を備えており、片方がもう片方より理解しやすいというだけの理由で、置き替えたりしていいはずがないのではないか。

そしてそれは、すべての人生がある種の完璧《かんぺき》であることと似ている。ある種の完璧=A kind of perfect. 私の知っているアメリカ人たちならば、それを言語矛盾だと言うかもしれない。私はノートに書きつけてみる。A kind of perfect=UNIQUE と。

私が情事から学んだことだ。すべての男の人はちがうかたちをしており、ちがう匂いがする。ちがう声を持ち、ちがう感じ方をする。それらを比較することはできない。できるのは、一つずつ味わうことだけだ。

いまごろ夫も、誰かを味わっているだろうか、と考える。風変りな果物みたいに独特な、不完全だとしても完璧な誰かを。

七日目。旅にでるといつもそうであるように、私は自分の生活からすっかり切り離されてしまったような気がする。東京に帰っても、もう居場所がないのだと感じる。

私が彼女の父親と寝たのは、その夜のことだった。

ライブラリーで二時間ばかり仕事をしたあと、部屋に戻ると母はまだ眠っていた。今朝は母も海に入ったので、疲れていたのだと思う。本来プールの備品であるあのオレンジ色の浮輪と共に、遊泳区域内とはいえかなり沖の方まで果敢に漂いでて行った母の姿を思いだし、私は苦笑した。

「ママァ！　オゥ、ママァ！」

笑いながら、ビーチボーイたちが代る代る母に声をかけた。大丈夫ですか、とか、恰好よく見えます、とか、大声で叫ばれて母はきまりが悪そうだった。表情までは見えなかったが、返事もせずただ浮いているその佇《たたずま》いから、なんとなくそれが伝わってきた。

「ママ、もう六時よ。どうする？」

私は掛布団《かけぶとん》の上から母をつついた。

「もしほんとにバーベキューに行くなら、もう仕度をしなきゃ」

浜辺でバーベキューをするので、よかったらいらっしゃいませんか。ゆうべ、ワインと食後酒のやりとりのあとで、ミミの父親にそう誘われていた。二軒しかないレストランの料理にあきあきしていた母は、ぜひご一緒したいと即答した。

「行きますよ、もちろん」

もそもそと身動きをし、目を閉じたまま母は言った。

「でもその前にお風呂《ふろ》に入りたいわ。すこしくらい遅れてもかまわないでしょう？」

私はかまわないとこたえ、バスタブにお湯をはった。

砂浜におりたときには、肉や魚を焼く煙が、盛大に上がっていた。ただし、私のがっかりしたことには、バーベキューといってもキャンプ場でするようなそれではなく、きちんとクロスのかけられた、レストランとおなじテーブルが波打ち際《ぎわ》まで持ちだされただけのことだった。そばにグリルが置かれ、三人のウェイターがつきっきりで給仕してくれる。アイスボックスの中の、真空パックになった素材を見て、母も失望をあらわにした。

「やあ、こんばんは」

ミミの父親はにこやかに言い、立ち上がって母をエスコートした。

「遅れるというメッセージを受けとったので、先に始めていました」

と言う。色褪《いろあ》せたアロハシャツにジーンズ、現地の人と見紛うばかりの肌の灼《や》け方だ。娘は甚しく色白だというのに。

ビールで乾杯をし、テーブルにでていたサラダから食べた。

「気持ちのいい場所ですね」

私は言った。空には月も星も昇っていて、すぐそばで波が砕ける。テーブルの両脇《りょうわき》に、ランタンが吊《つる》されている。これで文句を言えば罰があたるだろう。

「柊子さん、お昼に遊びに来なかったのね」

ミミが言った。

「あしたは来られそう？」

私が何も言えずにいるうちに、

「乗馬、お上手だそうですね」

と、父親が言った。

「教えていただいたって、ミミに聞きました」

それは事実ではなかった。私はただ、荷物を持って待っていただけだ。足は鐙《あぶみ》にのせておくように、とか、恐《こわ》がると馬にからかわれてしまう、とか、基本的な忠告をしたことを除けば。

「この子の父親が名手でしたの」

母が口をはさんだ。

「国体にも出場したことがありますのよ」

「あしたは」

私はミミを見てきっぱりと言った。

「あしたは遊びにうかがえないわ、残念だけど」

「そう」

ミミは言った。

「それは残念ね」

すくなくともこのときには、私は彼女の父親に興味などなかったのだ。根岸英彦《ねぎしひでひこ》、というのが父親の名前だった。職業は建築家だが、サーフィン好きが高じて、葉山にサーフショップを開いてしまったほどだという（「もっとも、店を任せてる若い奴《やつ》の趣味で、古着屋みたいなありさまになっちゃってますけれども」）。ミミの母親とはだいぶ前に離婚しており、ミミは普段母親と暮している。これらはみな、母の遠慮会釈《えしゃく》ない質問が導きだしたことだ。

エビ、白身魚の切り身、牛フィレ肉、とうもろこし。ミミの父親は、一人で旺盛な食欲をみせている。母とミミはほとんど食べなかった。私は奇妙な義務感にかられ、皿に取り分けられた分だけは何とか胃に収めた。

食事をするあいだじゅう、ミミばかり見ていた。見れば見るほど生意気そうで可愛《かわい》らしく、美しさが透明で、興味深くて目が離せなくなる。我ながら不思議だった。一体なぜ、こうもこの子を見ていたいのだろう。

嫉妬《しっと》だと母は言った。私は笑ったが、そうかもしれないとも思う。一点のくすみもなく滑らかな肌だ。そのままでピンク色の唇、目をみはるほど長い脚に小さな頭部。

きょうのミミはまたそれを強調するような、お尻《しり》が半分見えるほど短いカットオフジーンズをはいている。ミミのお尻はさくらんぼみたいだと思った。赤と白の縞《しま》模様のタンクトップを着て、髪は無造作に上げてピンでとめてある。広い額があどけなさを感じさせた。

でも――。二杯目の白ワインを啜《すす》り、ミミを観察しながら私は思った。でも、これは嫉妬というよりも、赤ん坊とか子猫とか、いっそ猿とかねずみとか、の動きが興味深くて見入ってしまう、あの気持ちにむしろ近い。人間ではないもの、言葉の通じないもの、に対して抱く畏怖《いふ》、あるいはべつの生命への純粋な驚き。

「柊子さんは翻訳家なのよ」

ミミが父親に言うのが聞こえた。肉や魚には動かなかった食指も、食後の果物には大いに動いたらしく、皿にたっぷりと取った。

「じゃあミミの目標に近いな」

父親が言い、ミミは首をすくめてパイナップルを一切れ口に入れた。

「そうね。でもちょっと違うと思う。私は本は好きじゃないし、文法も苦手だから、口語専門」

「通訳になりたいの？」

尋ねると首を横にふって、

「映画に字幕をつける人」

と、言う。

「英語は得意なんです。一応、帰国子女だし。でも文法は苦手なの」

変な理屈だった。無論口語にも文法は必要なのだし、文法を文法と意識しないまま身につけているのならそれにこしたことはない。でもミミのなかでは理路整然とした理屈なのだろう。映画に字幕をつける人——。

「なれるといいわね」

私は言った。本心だった。そしてそのときふいに、ミミの父親と自分がおなじ場所にいると感じた。そこはミミのいる場所とはちがう。私たちはいま、こうして現実に四人で一緒にいるけれども、属している時間はべつべつで、ミミのそれは私たちの手の届かないところにある。

「でもねえ」

母が言った。

「そういうお仕事はあれでしょ、英語よりむしろ日本語の能力の問題なわけじゃない？」

風が、すこし強くなったようだ。

散歩をしたいと言ったのは私だった。果物を食べ終え、ナプキンで口を拭《ぬぐ》うと、ミミの父親の目をしっかり捕えてそう言って誘った。

「いいですね」

父親はそう応じた。母はもう休むと言い、ミミが母をコテージまで送ると言った。

「まあ、あなたもお父様と一緒にお散歩なさい。あたしは一人で戻れるから大丈夫」

そう言った母の声は、ほとんどミミを咎《とが》めるかのようだった。

「じゃ、おばさまをお送りしてから合流します。ワインも残ってるし、パパたちはまだしばらくここにいるでしょう?」

いるよ、と父親がこたえ、待ってるわ、と、私も言った。でも私には、彼女が戻ってこないことがわかっていた。

CONDRIEUという名のフランス産の白ワインをのみ終るまで、私たちはそこにいた。二人がいなくなってしまうと、波の音が高く大きく聞こえた。海は黒々としており、私たちにはとりたてて話すことがなかった。椅子《いす》を海の方に向け、足をのばし気味に坐《すわ》って、黙ってワインを啜った。月も星も遠く、ただつめたく光を放っている。

あとは闇《やみ》、そして波。すぐうしろにはホテルがあり、人がいて灯りがある。でもこうして前を向いている限り、見えるのは海と空だけだ。

「遅いな」

父親がつぶやいた。

「ほんとうに戻ってくるのかな」

困ったような顔をしていた。犬みたいだと思った。この男の人は、ここにたくさんいる痩《や》せたやさしい犬に似ている。誠実そうで、かなしそうで。頬に切り傷のようなたてじわが入ることに、そのときに気づいた。

「さあ」

微笑《ほほえ》んで私は言い、グラスを持ったまま立ち上がった。男の手に指先で触れ、

「歩きながら待てばいいわ」

と促した。

濡《ぬ》れた砂を靴底に感じながら、私たちはならんで歩いた。波打ち際をまっすぐに行くと、岩というより石と呼ぶほうがふさわしい、灰色の滑らかな大石がいくつもある場所にでることを知っていた。

「随分暗いな。こわくないですか」

きわめて礼儀正しく、ミミの父親は私の肘《ひじ》をとった。

「あなたがここにいるのに？」

訊《き》き返して顔を見上げた。私には、この瞬間に彼が防御を解いたのがわかった。これまでの人生で身につけた女性への手腕を、発揮せねばなるまいと覚悟したことが。

ミミの父親は、息をこぼすように笑った。同時に、ひきしまった腕に力を込めて私の肩を抱きよせ、私を歩きにくくさせた。私はどきどきした。夫以外の男性の腕、体温、そして人生。小娘みたいに震えたくない、と思うのに、どうしても震えてしまう。こわがってでもいるみたいに。

立ちどまったのは、その緊張に耐えられなくなったからだ。立ちどまり、アロハシャツの衿《えり》をひっぱって、男の首に腕をまわし、唇を合わせた。ながい、激しい、未知のキスになった。

砂はひんやりとつめたかった。レストランの灯りも喧噪《けんそう》も、ここまでは届かない。そう遠く離れたわけではないのに。

灰色の大きな石の陰で、私たちは重なり合った。どちらも手際がよかった、と、言っていいと思う。性急ではあったが乱暴ではなく、空々しい甘言など一切弄《ろう》さず、かわりに押し殺した笑い声とある種の理解、それに心からの気遣いがあった。

ミミの父親の唇は、意外なほど柔らかかった。ワインのせいか、つめたく潤《うる》んだ厚みがあり、それがわずかにひらいて私の唇をはさんだ。彼のジーンズに指をかけて引きよせ、ボタンをはずそうとしたのは私だった。でも、同時に立ったまま足に足をからめ、腰を密着させようとしたために、うまくはずすことができなかった。

気がつくと砂の上で、彼の重みを受けとめていた。スカートはたくしあげられ、唇はふさがれ、おまけに頭の下に片手をさし入れられていた。支えるみたいに、守るみたいに。波の砕け散る音が、やけに近く、大きく聞こえた。

避妊具を持っていない、と彼は言ったが、私は外に放出してくれれば構わないとこたえた。

「ほんとうに？」

私を見おろした目が、おもしろそうに笑っていた。ちっとも驚いていないとわかる言い方だった。彼は彼のジーンズをおろし、私は私の下着をとった。暗がりのなかでも彼の臀部《でんぶ》が白いのがわかった。

戸外でこんなことをするのはひさしぶりだったけれども、私はすぐに、その伸びやかさとおおらかさを思いだした。男の身体を抱きしめようとするのをやめて、力を抜き、腕を両側にひろげて砂のつめたさを味わった。膝《ひざ》を立て、蹠《あしうら》でもそれを感じた。頭をのけぞらせ、夜気をできるだけ深くすいこもうとした。星空が見える。

「こうやって力を抜くととても素敵よ。あなたもやってみて」

そう促し、今度は私が上になった。私は彼に、夜空を見て欲しかった。波音を聞き、砂を感じ、五感全部を研ぎ澄ませ、海の匂《にお》いをかいで欲しかった。

私たちはゆっくりと、でも休みなく動いた。声をひそめて短い会話をし――「目をつぶらないで」と私が言うと、彼は苦笑して、「いいよ。わかった」とこたえた。「涼しくて気持ちがいいわ」そう言って目をとじると、「眠らないで」と言われた。私は笑った――、そのあいまに唇をほかのことに使った。リラックスしていたし、愉快でもあった。

　このとき、夫はどこにも存在していなかった。ミミの父親だけがすべてだった。いま現にここにいて、世界を共有している男性。細く骨ばった腰と生白い臀部、暖かな手のひらと、くせのある黒い髪、色褪せたアロハシャツの清潔な匂いを、私は記憶に刻み込んだ。

　起きあがり、慌《あわただ》しく下着を身につけて、ブラウスをたくし込んだ。互いに砂を払い落としあう。ミミの父親が愉快そうにしていたので、私は安心し、とても嬉《うれ》しかった。

ホテルの前に戻ると、幾つかのテーブルで、バーベキューがまだ続いていた。時間をかけた行為ではなかったし、愛情も情熱も、必然もなかった。でも、だからこそやさしさと陽気さに、たしかに彩《いろど》られていた。

高揚した気持ちと火照《ほて》りを鎮《しず》めるために、バーでジントニックを一杯ずつのんだ。海風が渡り、カウンターの隅に置かれた小さなCDデッキから、ボサノバが流れている。

「こういうことになるのは」

ミミの父親が言った。

「もうすこしあとだと思っていました」

「もうすこしあと？」

訊き返し、私は夜の海に目を凝《こ》らした。黒々とうねる水。一つだけある照明に、羽虫がむらがっている。

「あとというのは、まあ、つまり東京に戻ってからだろう、と」

私は彼の顔を見た。のみものに視線を落とし、ひっそりと微笑んでいる。清潔なひとだなと思った。シャツが洗いたてだからではなく、それは佇《たたず》まいから感じた。佇いと言動から。

この男性に、東京で会うつもりはなかった。

「こんなふうに始めることに、慣れてらっしゃるんですね」

それで、そう言った。ミミの父親は首をかしげ、真意を探ろうとするみたいに私を見た。誘ったのはそっちだろう、と、思っているのかもしれなかった。

「たぶん、慣れてます」

それから悪びれずに認めた。

「でも、あなたほどじゃないと思いますよ」

私の微笑みは、返礼にすぎなかった。汗をかいたグラスを、握っては離し、握っては離した。このバーのジントニックは、たしかに水のように薄い。

「それがどんなことであれ、何かを始めることに、私は不慣れなんです」

正直に言った。周囲を包むカエルの声のせいで、それは必要以上に明るい調子に響いた。明るく、乾いた調子に。

「こういうことは旅先でだけと決めている、と？」

私はつい笑い声をたてる。随分辛辣《しんらつ》な物言いをする男だ。

「いいえ」

こたえて、すこし考えた。

「場所の問題じゃなく、ただ、私にとって物事は、始めるものじゃなく、通過するものなんです。いつも、どうしても」

実際、目の前の男に、私はすでに興味を失っている。もう、通過してしまったのだ。ついましがたの出来事が、はるか遠いことのように思えた。あるいは、現実には起こらなかったことのように。

「もし悲しんでくれる人がいなかったら、私は誰とでも寝ると思うわ」

夫にそう言ったのは、何年前のことだっただろう。私たちは台所にいて、床に牛乳がこぼれていた。やや改まった外出先から戻ったばかりで、二人ともコートや衿巻をつけたままだった。口論はタクシーのなかから続いており、夫はうんざりした顔をしていて、私は般若《はんにゃ》の形相をしていたと思う。

「不可能だよ」

もう何度も口にした言葉を、夫はもう一度繰り返した。

「柊子が誰と寝ようと、僕は悲しめない」

私はヒステリーを起こしかけていた。

「でも、私は誰とも寝ていないのよ」

怒鳴って、両腕をひろげ、台所の床を踏み鳴らした。

「わかってるよ」

力なく、夫は認めた。あのころ、私たちのあいだには口論が絶えなかった。私は毎日泣くか怒鳴るかしていて、声も気持ちもがさがさにひび割れていた。

「あなたがよその女と寝ると私は悲しいのよ」

愚かしくも、私は説明しようとした。惨《みじ》めったらしい涙声で。

「なぜ？」

冷淡な目で、夫に見つめられたことを憶《おぼ》えている。

緑とピンクの格子《こうし》柄《がら》の、モヘアのコートを私は着ていた。コートには牛乳のしみがついて濡れていた。むっとする臭《にお》いがした。

「おいで」

「悲しいことなんて一つもない」

でも悲しいのよ。私はくり返し、キイキイとねずみのような声をだして泣いた。ワインをかなりのんでいたし、興奮して怒鳴ったせいで、頭がぼうっとしてもいた。

「なぜ？」

辛抱強く、夫もおなじ言葉をくり返した。冷蔵庫をあけ、再び牛乳をとりだす。

「見てあげるから、のんでごらん」

いまならば私にもわかる。その悲しみは私だけのものだ。私が一人きりで対峙《たいじ》しなければならないもの、夫とは何の関係もないものなのだ。

しゃくり上げながら、私はその白い液体を嚥下《えんげ》した。牛乳は、子供のころから大嫌いな、私の身体がうけつけないほとんど唯一《ゆいいつ》の食品だった。吐き気を催すような生臭さと、甘みが喉《のど》にからみついた。

「息を止めちゃ駄目だよ」

夫の言うのが聞こえた。

「ただの牛乳なんだから大丈夫。安心して、ゆっくりおあがり。こわがっていちゃ、味わい方を覚えられないよ」

のみおえると、私は口だけで呼吸した。そうしないと吐いてしまうからだった。

「いい子だ」

依然として悲しかったが、ほめられて、誇らしく嬉しかった。

部屋に戻ると、母はまだ起きていて、ベッドで本を読んでいた。

「お帰り」

顔を上げて言った。小柄な母は顔も小さいので、黒い縁の老眼鏡が、ゴーグルみたいに大きく見える。

「散歩、どこまで行ったの？」

「ほんのちょっと歩いただけ」

私は言い、クロゼットをあけて服を脱いだ。

「ミミちゃんも来なかったし、散歩はすぐ切りあげて、バーでのんできたの」

「そう」

バスローブを着て、化粧を落とし、顔を洗って歯を磨いた。備えつけの蚊とり線香を、新しいものに取り替える。

「知らない人と散歩だなんて、どういう風の吹きまわしよ」

好奇心を隠しもせず、おもしろがっている口調で母が訊いた。

「べつに。感じのいい人だなと思ったから、もうすこし話してみたくなっただけ」

こたえて、自分のベッドに横になった。虫の声がしている。それにカエルの声、正体のわからない、グワッ、グオゥ、と鳴くものの声。

「それで？」

尋ねられ、

「それだけに決まっているでしょう？」

と、こたえた。

「なんだ、つまらない」

ぱたん、と、本を閉じる音がした。母が枕元《まくらもと》の灯りを消すと、部屋のなかのすべてが闇《やみ》に沈んだ。

「ミミって、いい子だわね」

父親の話に飽きたのか、母はそんなことを言った。

「写真、パソコンにどうとかして、普通のに変えてくれるって」

「そう」

目をとじると、砂浜の感触が甦《よみがえ》った。湿った空気の匂いも、波の音も、ミミの父親の重みも。

「街に行くと、もっと安くておいしいレストランがあるって言ってたわよ。こないだはお父さんとディスコに行ったんだって。こういう土地のディスコって、どういうのかしらね」

母の声を聞きながら、私はたちまち眠りにひきこまれていった。旅にでてからいちばん穏やかな、気持ちよく深い眠りだった。

朝。洗面台に日ざしが降りそそいでいる。二間続きになったこの部屋の、雨戸つきの寝室は暗いのだが、バスタブのあるもう一方のスペースは、光が溢《あふ》れ返っている。シャワーを浴び、バスタオルをまいただけの恰好《かっこう》で、私は鏡の前に立った。自分の身体が、前日よりも新鮮に感じられた。

夫以外の男性と交わったあとはいつもそうであるように、両脚のあいだに、かすかに違和感がある。

清々《すがすが》しい、と言っていい心持ちだった。宿題をちゃんとこなした子供みたいな気持ち。

「きょうも暑くなるわね」

テラスから、母の言うのが聞こえた。ルームサービスにした朝食が、そこには用意されている。

起きてすぐ、いつものように浜辺におりた。デッキチェアーに寝そべっていると、いつものようにミミが現れた。大きな鞄《かばん》を抱えて。私たちは、互いに手を振りあった。笑顔で。でも言葉は交わさずに、それぞれ気に入りの場所に収まった。早朝。浜辺には他に人影がなく、太陽も、まだ昇りきっていなかった。空も海も砂も白く、波が右から左に、まっすぐに走るのが見えた。

「コーヒーがさめちゃうわよ」

母の声がした。

「まだ注《つ》がなくてよかったのに」

無駄だと知りながら、私は言った。母が聞いていないことのしるしに、本の頁《ページ》を繰る音がした。

ゆうべ、母を送ってくれたあと、ミミは何をしていたのだろう。部屋に戻り、父親を待つあいだ、何を考えていたのだろう。私はローブを羽織り、紐《ひも》を結んだ。濡《ぬ》れた髪が、額と首すじにはりつく。洗面台の上を、ごく小さな生き物が這《は》っているのが見えた。透きとおったストロベリー・ピンクの、びっくりするくらい可憐《かれん》な蟻《あり》だ。日ざしを浴び、白く輝く陶製の道を、困惑したように横切っていった。

八日目。あさってには東京に戻って夫に会えるのだと思うと、嬉しさに胸がはちきれそうになった。私はゆうべ、ちゃんとよその男の人の身体を味わった。普段好んで閉じ込められている場所――離れているときの方がより強く、私は夫に所有されていると感じられる――から、ほんの束《つか》の間《ま》とはいえ外にでられたのだ。全体として、まずまずちゃんとやれたのではないだろうか。

テラスにでると、板ばりの床がきしんだ。母の横で、つめたいポメロジュースをのんだ。日ざし。数種類の鳥が、はじけるような鳴き声を降らせている。

午後、海に入った。波が高い。太陽が雲の陰にすっかり隠れ、空は厚ぼったい灰白色だ。焦《こ》げ茶色《ちゃいろ》と黒と、二つ持ってきた水着のうち、きょう私は黒い方を着ている。どちらも地味なデザインで、装飾はほとんどない。

水はつめたくてよそよそしかった。立っていられるぎりぎりのところまで歩き、そこからゆっくりと水をかいて泳いだ。あごの濡れる平泳ぎで。波のくるのに合わせて身体が上下するのがおもしろかった。ふいに、ぶわりと。

くたびれると立ち泳ぎをした。立ち泳ぎをしながら周りを観察するのが、私は好きだ。曇天ではあったが、厚ぼったい雲の上に、ときどき光がまるく滲《にじ》んだ。日光は、見えなくてもつねに存在しているのだ。

デッキチェアーに戻ると、母はまた本を読んでいた。つば広の麦わら帽子をかぶり、ゴーグルみたいな老眼鏡をかけ、唇にくっきり口紅をひいて。

私は身体を拭《ふ》き、水着の上にシャツを羽織って母の隣に寝そべった。はずんでいた呼吸が鎮《しず》まり、太腿《ふともも》と二の腕に立っていたとり肌が消えるのがわかった。口のまわりに、潮気だけ残った。

「あんたが泳ぐとこ、見ていようと思ったのに途中で見失っちゃったわ」

ひとりごとみたいにぼそぼそと、母が言った。

「いいわよ、そんなの見ててくれなくて」

ビーチボーイを呼び、水を持ってきてくれるように頼んだ。

「それから例のパイナップルもね」

横からいきなり母が言う。

「パイナップル？ 食べたいの？」

それは、ここにいると頼まなくてもしょっちゅう運ばれてくるものだった。新鮮だが、なにしろたっぷり運ばれてくるので、私も母も決まって持て余してしまう。

「あたしはいらないわよ。あんたが食べたいだろうと思って。ほら泳いだあとはそういうものが欲しくなるから」

勝手なことを言い、ビーチボーイに向き直ると、不自然なほどにっこりして母は、

「パイナップルね。パイナップル」

と、重ねて言う。ビーチボーイは笑顔で、自信たっぷりにうなずいた。母の言うことが理解できて嬉《うれ》しいのだ。私は何も言わなかった。

手足が重い。目をつぶると、単調な波音に眠気を誘われる。いまがいちばん賑《にぎ》やか

な時間帯だが、それでも驚くほど静かだ。このビーチには子供はいない。若者のグループも。

「あとでお店を見ましょう」

母の声が聞こえた。

「倫《りん》くんたちにはまたお土産を買わなきゃならないでしょう？」

このレストランで使っている真鍮《しんちゅう》のナイフやフォークやスプーン、あれがいいと思うわ。母はそうも言った。

母との旅は、いつもこんなふうだ。どちらも観光というものに興味がなく、買物に熱意もない。どこに行っても、東京にいるときとおなじようにしか行動しない。母の足が悪いこともあるが、そうでなくてもおなじことだったろうと思う。そうしてそれにも拘《かかわ》らず、私たちは頻繁《ひんぱん》に旅をする。ここのようなリゾート地ばかりではなく、車を借りなければ移動できないヨーロッパの田舎をまわったこともあるし、砂漠のエクスカージョンに参加したこともある。旅が、好きなのだろうと思う。移動するというただそれだけのこと、様々な土地の空気を吸うというただそれだけのことが、私たちにはたぶんとても大切なのだ。

父は旅が嫌いだった。夫はよく旅をするのだが、夫の旅は、私と母の旅とはまるで似ていない。

その晩の夕食に、彼らは姿を見せなかった。街のレストランに行ったのか、あるいはディスコに行ったのかもしれないと思った。私と母は浅蜊《あさり》のスパゲティを食べ、白ワインをのんだ。

雲はすでに切れており、晴朗な夜空が広がっていた。

l'enveloppe＝周囲を包むもの。

印象派の時代の画家や批評家が好んで使っていた言葉だ。モチーフを包む大気に及ぼす光の効果、を意味する。

浜辺で、デッキチェアーに寝そべって仕事を進めながら、これまでに飽きるほど読んだり聞いたりしてきたその言葉が、私のなかでふいに立体的になった。理解できた、と言うべきかもしれない。こういうことは、ときどき起こる。何の問題もなく理解していると思っていたものが、いきなり新しく理解されてしまう瞬間。

訂正ではないし、深さとか程度とかの問題でもない。いわば近視の人間が初めてコンタクトレンズをつけたときのように、目の前のすべてが鮮明になるのだ。

l'enveloppe＝周囲を包むもの。

私は読んでいた書物から顔をあげ、さめかけたコーヒーを啜《すす》る。曇り空だ。馴《な》れきってしまって、意識しなければ耳にさえ入らない波音のくり返し。隣で母が乾いた咳《せき》払いをする。母が足に掛けているタオルはこげ茶色だ。たっぷりと大きいので、タオルというより毛布のように見える。ここからの眺めは、何もかもが横に直線的にひらけている。空も、海も、砂浜も、そして前列のデッキチェアーも。その一つにはミミが坐《すわ》っている。大きな鞄を傍らに置き、赤い小さなビキニをつけて。目を細めるとミミの輪郭《りんかく》がぼやけ、ぼやけてもなお、私にはそれがミミだということがわかる。凪のすこしつめたい、灰色の朝の海辺で。

いまここにいるということ。ぼやけたちっぽけな点としての、ミミと母と私と。

右を向けば、灰色の大石もはっきりと見える。暗く黒く聳《そび》えていた夜のそれとは似ても似つかず、あっけらかんと平凡に、ただそこにある。

「あの子の姿もきょうで見納めね」

母が言い、私は彼女たちが私たちより一日早く——ということはきょう——ここを発《た》つと言っていたことを思いだした。

「そうね」

微笑《ほほえ》んでこたえ、翻訳を続けるべき本に目を戻した。彼女から目をはなすことができない、というあの気持ちは消えていた。

「たとえば五年後に」

私は母に言った。

「五年後じゃなくて三年後でも、いっそ一年後でもいいんだけど、もしどこかで再会したら、彼女はまるで違っちゃってるわね、きっと。しわが増えたりとか太ったり痩《や》せたりとか、そりゃあ外見はね、私だってママだって多少違ってるでしょうけどそういうことじゃなくて、何て言うのかしら、いま確かにあそこにいる彼女は、一年後にはこの世のどこにもいないんだなあって、いまいるのに同時にいない存在だなんて奇妙で、幻とか幽霊とか宇宙人とかを見てるみたいで、それで目がはなせなかったのかもしれない」

気がつくと母は上体を起こし、それこそ宇宙人でも見るような顔で私を見ていた。

「なあに？ 何の話をしてるの？」

眉根《まゆね》を寄せ、首をかしげている母は怒っているように見えた。

「なんでもないの」

私は笑い、海に目を転じる。

「ただ、彼女はきょうで見納めだなって思って」

「それはあたしが言ったことじゃないの」

呆《あき》れ声で母は言った。

「それに、そんなに会いたきゃいつだって会えるでしょうよ。写真送ってくれるって言ってたし」

モネはたびたび「瞬間性」に言及している。モネの言う「瞬間性」は、周囲を包むもの＝l'enveloppe に、画家もまた包まれている、という意味なのだ。

「一年後に誰かがこの世のどこにも存在していないとすれば、それはミミよりむしろあたしでしょうよ」

母が不興気《ふきようげ》に言った。

休暇は無事にゆっくり終ろうとしていた。午前中はライブラリーで仕事をして過ごし、その間、母はティーセレモニーなるホテルの催しに参加していた。昼食から戻ると部屋に花籠《はなかご》が届いており、添えられたカードには簡単な挨拶《あいさつ》と、ミミの父親の名が記されていた。花はいかにも南国風の色あいの素朴なもので、飾るのは豪勢な白百合だけ、と決められているらしいこのヴィラのなかで、愛らしく微笑ましく見えた。

「どっちみちあと一晩なんだから、お花よりお酒の方が気がきいてるってもんじゃない？」

そんなことを言って顔をしわくちゃにしてみせた母をたしなめたのは私だったし、

「お花の方が可愛《かわい》いわ。置いて帰れるし、ロマンティックじゃないの」

と言った気持ちに嘘《うそ》はなかったが、携帯電話番号の記されたそのカードは、すぐに屑籠《くずかご》に捨てた。昼寝をし、マッサージを受け、最後の夕食のために多少のドレスアップをした。私にとって、それはお祝いの席にも等しかったからだ。旅は満足のいくものだったし、それは勿論《もちろん》この土地の美しさと、働いている人々の善意（と、母のクレジットカード）のお陰だった。でも、それらはいまや、過去になりかけていた。あしたのいまごろには、夫のそばにいるのだ。そう思うと歓喜がつきあげて、震えてしまうほどだった。夕方になると決まって鳴きだす虫や鳥やカエルの声も、今夜はひときわ美しく聞こえる。

私は下着姿で香水を吹きつけ、吹きつけた液体が蒸発するまでしばらく待って、ジーンズとシルクブラウスを身につけた。ブラウスは肩のでるホルターネックで、背中も大きくあいている。

「ティーセレモニーってね」

麻のワンピースを着て、背中のファスナーをあけたまま化粧に勤《いそし》んでいる母が、鏡から目を離さずに言った。

「お庭の、ほら変な舞台みたいになってるとこがあるでしょ、大きな壺《つぼ》が飾ってあるとこ。あそこで女の子が中国茶をいれてくれてね、鉄板でパンケーキみたいなものを焼いてくれるの。おもしろかったわよ」

「よかった」

髪にブラシをあてながら、私は言った。

「その鉄板がね、たこ焼きの器械みたいにくぼんでるの。だから平べったいパンケーキじゃなくて、まあるい球みたいなパンケーキができるわけなの」

母の説明は続く。あたしがおもしろかったって言ったのはその点なのよ。だってそうでしょう？　中国茶とパンケーキなんて、それだけじゃおもしろくも何ともないでしょう？

私は髪を手で整え、腕時計をつけると靴をはいた。時計は午後五時四十分をさしている。東京は午後七時四十分だ。今夜、夫が女性と夕食を共にしているか、あるいは夕食後に落ち合ってお酒を共にする予定か、であることはわかっていた。最後の夜に。そう言ってグラスを合わせるのだろう。私と母が、まさにこれからしようとしているように。

そう考えても、私の歓喜は消えなかった。むしろ、いや増すくらいだった。自然に笑みが浮かんでしまう。最後の夜に。そう言ってグラスを掲げるとき、夫が私を思うこともわかっている。夫のいる場所に刻一刻と近づいている私の、胸の弾みやはやる気持ちを、はっきりと想像するはずだ。待ってるよ。声にださず、そう呟《つぶや》きさえするかもしれない。夫の目の前の女は——誰であれ——それを知らない。

「星がでてるわ」

テラスにでて、私は言った。室内に戻り、母の背中のファスナーを上げる。母はイヤリングをつけようとしている。かつて父に贈られた、黒蝶貝のイヤリングだ。仕度の仕上げとして、私たちは手足に虫よけスプレーをかける。首すじや頬には、手のひらにしたスプレーを薄くなじませるようにした。

「ああ、そうだ」

レストランにおりる道の、半分まで来たあたりを見はからって私は言った。

「先におりてくれる？ 五、六分で戻るから」

母はつかのま心細そうな顔になり、でもすぐに諦《あきら》めて、気をとり直す。ヴィラに引き返す私の耳に、ゆっくりと遠ざかる杖《つえ》の音が聞こえていた。

誰もいない部屋のなかに、二人分の香水の匂《にお》いが漂っていた。ずっしりしたコードレスフォンをとり、テラスにでる。駆けだしたいほど気が急《せ》いていた。それでいて、番号を押し終るころには先延ばしにしたい気持ちがかすめる。わかっていた。いつもそうなのだから。身体中の血が頭と手足の先に集中してしまう。動悸《どうき》、そして恐怖に似た何か。

夫は、呼出し音四回ででた。

「やあ」

声がすでに微笑んでいる。私のよく知っている、この世の奇跡みたいに特別な声。

「やあ」

真似《まね》をしたが、声が掠《かす》れた。

私はおどろかずにいられない。やあ。たったそれだけの言葉で、この人は私の皮膚にも気持ちにも内臓にも入りこむ。やわらかく潤《うる》ませて、とても多くの情報を伝えて寄越す。浸透するそれを味わうのに精一杯で、私は物事がきちんと考えられなくなる。

「コオロギ?」

夫に尋ねられたときも、

「コオロギ?」

と、ただ訊き返すことになった。

「りいりいりいりいって、よく聞こえるよ」

「ああ、夜だから」

これから夕食なの、と、私は言った。手摺《てすり》にもたれ、知らないうちに目をつぶっていた。全身で、夫の気配を味わおうとして。

夫はいま家にいるのだと言った。ゆうべは徹夜をして、そのまま昼まで働いたので、いったん家に帰って昼寝をしたのだと言った。これから仕度をして、遅い夕食にでかけるところなのだろう。

「めずらしいわね、昼寝なんて」

私は、自分が話すときには目をあけていることに気づく。

「でも、私もきょうは昼寝をしたわ。こっちでは毎日早起きをしているから」

夫の漏らした微笑は、目を閉じて聞いた。

「早起き？　それこそめずらしいね」

「ママと一緒だもの。それに、早朝の海岸にはたのしみがあったの。帰ったら話すわ」

電話がつながっている幸福に、私はいきなり耐えられなくなる。物理的な距離を忘れそうになり、一足飛びに、思いだす恐怖に怯《おび》えるのだ。

「万事予定通りよ」

私は言った。

「あした帰るわ」

「成田に七時だったね」

夫が確認する。迎えには行かれないけど、と言いかけた夫を遮《さえぎ》って、

「いいの」

と、急いで口をはさんだ。

「どっちみちママが自動車を手配しているし、家まで送ることになると思うから」

うん、と夫がこたえ、私は、

「もう行かなくちゃ」

と言った。

「レストランでママが待ってるの」

そして、最後にそれを口にする。すこしでも軽く聞こえるように、早口で、

「会いたいわ」

と。返事を聞く前に電話を切った。じゃあ、とか、気をつけて、とか、距離を思い

だせるような言葉を聞きたくなかったのだ。夫は、私が急いでいるのだと思ってくれるかもしれない。母を待たせていることを気にして、慌《あわただ》しく電話を切ったのだ、と。

私はしばらくテラスに立っていた。どこにもつながっていない電話機を手に持ったまま、そこらじゅうで鳴いている虫の声を聞いていた。これまでは名前など考えたこともない、でもいまではコオロギだとわかっている、その虫の声を。

母は煙草《たばこ》を片手に、にこやかにシャンパンをのんでいた。若い従業員たちに、ママ、ママ、と声をかけられ、椅子《いす》をひいてもらったり、膝《ひざ》にナプキンを広げてもらったりして（ここの料理を気に入っていないことはともかく）、満更でもないのだろう。

「お酒も届いてたの」

煙草をはさんだままの指を、ボトルに向けて言った。

「それは念の入ったことね」

私はこたえ、席についたが上の空だった。シャンパンの出どころなどどうでもいい。あしたには帰れるのだ。私たちは乾杯をした。最後の夜に。

「なあに？」

母が私をじろじろ見るので、尋ねた。母はこたえない。

「なによ」

重ねて訊《き》くと、

「そんなにダンナの電話が嬉《うれ》しいもの？」

と、訊き返された。からかうというより、本心から疑問に思っているようだった。

「だってそうじゃないの、あなた、まるでセックスでもしてきたみたいな顔してるわよ」

あやうくシャンパンを気管に入れそうになった。

「ママ！」

ナプキンで口元を拭《ぬぐ》った。運ばれてきたメニューをひらく。実際には、内容をすでに諳《そら》んじていて、見る必要もなかったのだが。

「まったくもう、なんてこと言うのよ」

母は平気の平左だ。メニューに視線をおとしていても、母が私を見ていることがわかった。あの程度の発言で、動揺する人の気が知れないと言わんばかりに。

桐子さんの面目躍如。夫がいたら、そう言っておもしろがったことだろう。

「僕は好きだよ、桐子さんのことが」

はじめて母と会ったとき、二人きりになってから夫がそう言ったことを憶《おぼ》えている。

当時私たちは、身も世もなく恋をしていた。傲慢《ごうまん》で貪欲《どんよく》で、幸福で不幸で、片時も離れていられれず、人目もはばからず、生きることも死ぬこともおなじだと思っていた。

「ごめんなさい」

謝ったのは、その日、母が例によって失礼な物言いをしたからだった。私の連れて行った男性の目の前で、「柊子、気は確かなの？」と言ったり、「せっかく手に職があるのに、ほんとうにこの人と暮したいの？」と言ったりした。

「悪気はないんだけど、ああいう人なの」

「問題ないよ」

夫は笑って、そう請け合ってくれた。そして、

「僕は好きだよ、桐子さんのことが」

と言ったのだった。

「でも、柊子と桐子さんは似ていないね」

とも。私は眉《まゆ》を持ち上げて見せたはずだ。似ていなくて桐子さんが好きってどういうこと、と、茶化したかもしれない。私に臆面《おくめん》の持ち合わせはなかった。夫に、すでに根こそぎ奪い取られていた。

夫はそれを知っていたのだと思う。自信に満ちた様子で微笑《ほほえ》むと、のみこみの悪い

子供を諭すみたいに、

「柊子と似ていない桐子さんが好きだし、桐子さんと似ていない柊子が好きだよ」

と、くり返したからだ。それは、私が情事から学んだことだった。誰とも似ていないから好きになるということ、独特ということ、ある種の完璧。

「私とあなたは似てるわ」

私は言った。

「足もとの掬《すく》われ方が似てるもの」

夫は笑って、

「それは悲劇だ」

と言った。おどけた調子で、そのくせ自信はいささかも揺がせずに。

私は考えずにいられない。あのとき、夫にはそれがほんとうにわかっていたのだろうか。悲劇が一大スペクタクルなどではなく、日々の生活そのものとなって私たちを捕えてしまうことが？　私たちがそれに抗うどころか、進んでそれに身を投げるようになっていくことも？

「おいしいお魚がいただきたいわね」

母が言った。

「鰯《いわし》がいいわ。小ぶりの、指で割けるくらい新鮮な鰯を焼いて、身が爆《は》ぜたところへお醤油《しょうゆ》をちょっとたらして」

テーブルの上には、すっかり見馴れた（というのは無論おなじものばかり注文するからなのだが、他にこれといって食べたいものが見つからないので仕方がない）青菜炒《いた》めと白濁したスープ、えび料理がならんでいる。

「あとはそうね、日本酒があれば十分。へんに気取ったやつじゃなくてね、〆張鶴《しめはりつる》とか久保田とか、ごくふつうのやつでいいから」

プールの水は黒々としている。海からの風が椰子《やし》の葉を揺らし、ざわざわと音をたてる。わずかに遅れて、コロコロと木楽器が鳴った。

「それはあしたね」

私は言った。

「いまはこれを食べてしまわないと」

あした――。私は想像する。母は荷物が――何一つ増えていないにも拘《かかわ》らず――トランクに入りきらないと文句を言うだろう。早朝の部屋のなかで、ベッドの上を衣類や本で一杯にして。私たちはきわめて荷物の多い旅行者だ。大きなトランクが二つ、本や資料の箱が一つ、他に、コート用のスーツケースが二つ。母は荷物が持てないので、ホテルでも空港でもポーターを頼むことになる。移動は大騒ぎだ。

でも母は、にこにこしてタクシーに乗り込むだろう。お元気でね、とか、また来るわ、とか、機嫌がよければ言うかもしれない。また来たいわね。私も母に言うだろう。海とか空とか甘い青菜炒めとか、ともかくこの土地をこの土地たらしめている物たちに、未練がたっぷりあるみたいに。

空港に着くころには、私は夫のことしか考えていないはずだ。宿題をきちんとこなし、ほめてほしくて嬉々《きき》として学校に行く、新学期の子供みたいに。

II

た く ら が

最初の記憶は獅子舞《ししまい》だ、と、亘《わたる》くんはいつか話してくれたことがある。四歳になる年の、お正月の記憶だそうだ。その前年に、曾《ひい》おじいさんが亡《な》くなっていた。昼前で、おもてはよく晴れていたけれど、家のなかはしんとしていて仄暗《ほのぐら》かった。日あたりのわるい家だったらしい。古いぼろい日本家屋で、でも庭は広くて夏みかんの木などがあった。いきなりがらりと玄関の戸があいて、賑々《にぎにぎ》しい新年の挨拶《あいさつ》と共に、獅子がぴょんと跳ねた。くねくねと身をよじり、大きな口をカタカタと開けたり閉じたりする。亘くんは茫然《ぼうぜん》とした。獅子舞というものを知らなかったし、何もかもが現実ばなれしていた。いちばん恐《こわ》かったのは足だという。細すぎたし、人間じみていたから。

あわてて奥からでてきたお母さんが、うちは喪中なんですと告げたという。それは隣家の呼んだ獅子舞だった。門松も輪飾りもだしていなかったのに、一体なぜ彼らが間違えたのかわからない。わからないけれど、ともかくそれが、亘くんの最初の記憶なのだった。

春。私は亘くんのことを考えながら、桐子《きりこ》さんのマンションに続く道を歩いている。有名なフレンチレストランやブティック、ワインショップなんかを横目で見ながら公園のわきを抜け、坂をのぼり、大通りを越えて、長い坂を今度は下る。私の通っている高校から地下鉄に乗れば一駅だけれど、こんなにまぶしく晴れた午後には、歩いた方がずっと気持ちがいい。みんながまだ授業を受けている時間だとなれば、なおさら足取りは軽い。私は週に一度早退していいことになっている。本当にそうなっているわけではないけれど、まあ黙認されている。去年は週の半分くらい早退した。それにくらべればましということかもしれない。

桐子さんとは、お正月にプーケットで知りあった。私はパパと二人旅で、桐子さんは娘と二人旅だった。滞在型のそのホテルに、他に日本人がいなかったことと、パパが桐子さんの娘を気に入ったことのせいで、何度か四人一緒に食事をした。そのときに撮った写真を、帰ってから桐子さんに送ると、お礼に広辞苑が送られてきた。広辞苑。写真数枚のお礼にしては、立派すぎて変な贈り物ではないだろうか。ママに厳命された、私はお礼状を書いた。写真のお礼の、そのまたお礼。

　住所を頼りに建物を発見したのは、まだ寒いころだった。私は亘くんと一緒だった。私の話した桐子さん——杖《つえ》をついたお婆《ばあ》さんなんだけど、口は達者なの。しわだらけの身体《からだ》で堂々と水着を着て、浮輪を使って泳ぐの。ビーチでもバーでも本を読んでいて、現地の人にも日本語で物を言うの——に興味をかきたてられた亘くんが、「見てみたい」と言ったので私がインターフォンを押した。悪いことをするわけじゃないのに、悪いことをするみたいにどきどきした。だって、「写真を送ってね」とは念を押されていたけれど、「遊びにいらっしゃい」とは一度も言われていなかったから。

　桐子さんは家にいた。「はい」というぶっきらぼうな声がスピーカーから聞こえ、私が名前を言ってもすぐには返事がなかった。

「ミミです。プーケットでお会いした」

　私の名前はミミではないが、そう言うと思いだしてくれた。

「ああ、美海《みうみ》ちゃん」

　なぜだか正しく言い、桐子さんはロックをがちゃんと解除した。

「ごめんなさいね。ずっとミミちゃんだと思ってたもんだから。お手紙を見て初めて知ったの、あなたのお名前がミミじゃなく美海だって」

玄関で、開口一番そう言った。私が突然（しかも男連れで）やって来たことについて、「どうしたの」も「びっくりしたわ」もなかった。まるで、おなじホテルに泊っているのだから、たびたび顔を合わせるのも当然、と思っている感じの続きみたいだった。

「いいです、ミミでも」

私は言った。

「ミニーマウスみたいでかわいいし」

桐子さんは憮然《ぶぜん》とした表情で、

「だめですよ、そんなことを曖昧《あいまい》にしちゃ。だいいち、マウスってねずみでしょう？」

と言ったのだった。

その日、桐子さんは私と亘くんに紅茶と薄荷《はっか》チョコレートをだしてくれて、旅の話をすこしと、私たちへの質問をたくさん、した。お兄様？　というのが、亘くんへの最初の質問だった。亘くんは私の兄ではないし、恋人でもない。

「いえ。でも、そんなようなものかな」

というのが亘くんの返答で、

「父の仕事を手伝ってくれている人です」
というのが私の返答。桐子さんは、あきらかに私の返答の方を気に入ったようだった。

桐子さんがお金持ちらしいことは知っていた。旅先でも、そういうことは外見や言葉づかいや行動からなんとなくわかるし、そもそも私たちの出会ったあのリゾートホテルは、ママに言わせると「泊る人の神経を疑う」ほど「馬鹿高《ばか》い」宿泊料金を取るのだ。パパは仕事上のつてがあって、格安料金だからこそ泊れる。ママと違って、私は桐子さんの神経を疑ったりはしなかったけれど、お金持ちなんだろうなあ、と、漠然と思ってはいたのだった。

でも、桐子さんの住んでいるマンションはごく平凡で、特別広くも美しくもなかった。四階建てで、外壁はグレイのタイルばり。私とママの住んでいる家――パパの設計した家だ。場所こそやや辺鄙《へんぴ》だけれど、建築家根岸英彦が情熱を傾けて造った家だけあって工夫が凝らされており、外観も洒落《しゃれ》ていて人目を惹《ひ》く――の方が豪奢《ごうしゃ》だし、それどころか、パパが一人で暮している賃貸マンションとくらべても、広さ恰好《かっこう》よさ共に劣る。おまけに室内には物が溢《あふ》れていた。どう考えても重すぎる油絵（パパなら、あの壁には小さな版画かシックなポスターがせいぜいだと判断するだろう）、多すぎる敷物と、そこに積み上げられた多すぎる書物、飾り棚のなかにも上にも飾られた品々、一脚だけある肘掛《ひじか》け椅子《いす》に、のっかりきれずに散らばり落ちているクッションやら毛布やら。あちこちに灰皿が置いてあり、そのどれにも吸殻《すいがら》が入っていた。見たこともない混乱ぶりと、見たこともない秩序だと思った。亘くんは目をまるくしていたけれど、私には居心地がよかった。

「また遊びにきてもいいですか？」

帰りがけに尋ねると、桐子さんはぎょっとした顔をした。私たちがいきなりやって来てもおどろかなかったのに。

「そりゃあ構わないけど」

不審そうな口調だった。決して嬉《うれ》しくはない口調、でも困るというわけでもなくて、ほんとうにどちらでも構わないのだとわかる、この人独特の口調だった。桐子さんはしばらく黙り、

「平日なら、隣を柊子《しゅうこ》が仕事場にしてるから」

と言った。

「きょうあなたが来たって話したら、あの子きっと残念がるわ」

柊子さんというのは、桐子さんの娘の名前だ。

「じゃあ、今度はたぶん、平日に来ます」

にっこりして、私は言った。

そして、きょう私は二度目の訪問をしようとしている。あれから二カ月経《た》っていて、桐子さんのマンションの植込みには、あかるい黄色のれんぎょうが、ふっさりと垂れて咲いている。


最初の記憶。

亘くんの獅子舞の話を聞いて以来、私は自分のそれを思いだそうとしているのだけれど、うまくいかない。憶《おぼ》えている気のすることは幾つかあるのだけれど、あまりにも断片的な上にぼんやりしていて、いつどこであったことなのか、というより本当にあったことなのかどうかさえ、判断のしようがないのだ。それはたとえば知らない人の手だ。うしろから、私の両腋《りょうわき》にさしこまれた。手のひらを内側にして、しっかり。抱きあげられたのかもしれないし、転ばないように支えられていただけかもしれない。その部分の記憶はなくて、腋の下に知らない人の手がさしこまれた記憶だけがある。それにしても、誰であれその人物は私のうしろにいたのに、なぜ私はこんなにはっきりと、それが知らない人の手だったと思うんだろう。

あるいは海。そして、秋の、まだ出始めの青いみかんの匂《にお》い。まわりには誰もいなくて、私は波打ち際《ぎわ》に、海を向いて立っている。水面には薄日がさしている。この記憶は、でも手のそれよりももっと特定がしづらい。何しろ海の好きな両親の元に生れ、美海などという名前をつけられたほどで、私は赤ん坊のころからあちこちの海に連れて行かれた（らしい）。アルバムには、派手な柄の赤い毛布に包まれた、生後まもないといっていいような赤ん坊の私が、砂浜に置かれている写真もある。

いずれにしても、手か海か（もしかするとその二つはおなじ時の記憶かもしれないし、そうではないかもしれない）、のどちらかが、私の最初の記憶なのだ。手も海も、場所が日本だから——。どうしてそれがわかるのかと問われても困るのだけれど、たぶん空気の質感と雰囲気。

もうすこしはっきりした記憶、となると、どれもアメリカでのものになってしまう。黄色いランチボックスとか、ボストンでよく遊びに行っていた老夫婦の家とか、最初に住んだ家の窓枠とか、ニューヨークの歯医者とか、韓国人夫婦が経営していた果物屋の店先とか、ママとパパの喧嘩《けんか》とか。

お皿は割れ、ママは泣く。それはどの街に住んだときもくり返された。朝でも、晩でも。一度など、ママは私を連れて家出までした。バスでかなり遠い街まで行き、ホテルやモーテルに泊った。バスに乗っているあいだ、私はこわくて、行き先を尋ねることができなかった。

アメリカに住んだのは三歳から十四歳までなので、手と海の出来事は、三歳以前ということになる。


「あらまあ」

桐子さんは、ただそう言ってロックを解除してくれた。エントランスに入り、エレベーターに乗る。降りてくるそれを待つあいだ、郵便受けに書かれた二人の名前を見ていた。

４０３津田桐子、４０２原柊子。

これだけ見ても、郵便屋さんは二人が母娘《おやこ》だとは思わないだろう。私は、ママと隣同士に住むというのがどんな感じか、想像してみようとした。ここは柊子さんの自宅ではなく、仕事場らしいけれども。

「いつも突然やってくるのねえ」

桐子さんはそう言って、スリッパをだしてくれた。裏までフェルトの、昔風のスリッパ。

私はよその家のなかを見るのが好きだ。玄関だけでもいろいろな表情がある。匂いも違うし、三和土《たたき》にだされている履き物の数や種類や、傘立ての有無、敷物や装飾の有無。室内は物で溢《あふ》れているというのに、桐子さんの玄関は、そっけないほど物がすくない。漢文の書かれた額入りの書がひとつ掛けられているだけで、他に装飾も敷き物もなく、傘立てもない。だしっぱなしにされた履き物も。

「あいにくだわねえ、きょうは柊子いないのよ。外仕事があって、夜はダンナとデートだそうだし」

カタ、カタ、と杖《つえ》をつきながら、桐子さんは言った。この前とおなじ、物だらけの居間に通される。

「食堂の椅子、持ってきて坐《すわ》ってね」

食堂というか、それは台所なのだけれども、前回もそうだったので、私はすぐにわかって運んで坐った。

「でもちょうどよかったわ。柳がれいを取り寄せて、今朝それが届いたところだから、すこし持って帰ってね」

クッションだらけの肘掛け椅子に、桐子さんは深々と腰をおろした。

「柳がれいってわかる？　干物よ。とてもおいしいの」

桐子さんの好きなところは、一人でどんどん喋《しゃべ》るところだ。私の言葉がすくなくても、気にしないところ。

「わかります」

私は言った。

桐子さんは紅茶をいれてくれた。そして、また薄荷チョコレートをだしてくれた。緑の箱の、うすい四角いチョコレート。私は動かなかった。部屋を見ていた。手伝うべきかもしれないと思ったけれど、台所のテーブルにはまだ二時をまわったところだというのに夕食と思われる料理がならべてあって、一皿ずつラップのかけられたそれを、見てはいけない気がしたから。

「きょうはボディガードは連れていないの？」

再び椅子に腰をおろして、桐子さんが口をひらく。

「はい」

ほんとうに小柄なおばあさんだ。一人掛けにしては堂々とした大きさの椅子なので、坐っているというより埋まっているみたいに見える。

「あなたのそれ、制服？」

「はい」

そのとき私はふいに気づいた。この部屋が独特で居心地がよく、それなのにちぐはぐな印象を与えるのは家具のせいだ。何もかも、たぶん重厚すぎるのだ。足のせにしても飾り棚にしても、小さなティーテーブルでさえも。部屋の隅にある床置き時計は重厚な上に巨大で、どう考えても桐子さんの身長より高いし。

「そう。よく似合うわ」

紅茶は濃くて熱く、びっくりするほど厚切りの、レモンが添えられていた。

桐子さんの居間に沈黙が落ちる。二人分の、紅茶を啜《すす》る音だけが聞こえる。

老人はたいてい家にいて、いきなり訪ねても留守のことがすくない。遊びに来た人間は歓迎されるか、されないまでも顔は見せてもらえる。そのことを、私は経験上確信していた。ボストンに住んでいたころ、パパは仕事ででかけてばかりいたし、ママは大学に通っていた。シッターさんがいることはいたが、私は彼女と過ごすより、隣家の老人と過ごす方が好きだった。遊びに行くと、テレビをみせてもらえた。子供むけの番組ではなくて、大人むけの、クイズ番組とかトークショウとか。

「何をしてらしたんですか?」

私は桐子さんに尋ねた。

「雑誌をね」

ティーテーブルから老眼鏡をとってかけ、ぶ厚い教科書みたいに見える書物を、桐子さんは膝《ひざ》にのせた。

「ためてしまったから読んどかなくちゃいけなくて」

気がすすまないことのように言った。

「何が載ってる雑誌なんですか？」

無邪気な興味、のつもりで尋ねたのだけれど、桐子さんは憮然として、眼鏡の上から私を見た。変なことを訊《き》く子だと言わんばかりに。

「何ってそりゃあ小説ですよ。ほかにはまあ批評とか、随筆とかね」

私は困って、へえ、と言った。

「お父さまはお元気？」

尋ねられ、はい、とこたえたけれど、パパとはもう二カ月くらい会っていない。この前、亘くんとパパとの業務連絡昼食会に、飛び入り参加して以来だ。そういえば、そのあとでここに来たのだった。桐子さんのマンションは私の学校からも近いけれど、パパの事務所兼住居からも近い。

四時前に、私は、

「帰ります」

と言っておいとまをした。桐子さんは、柳がれいを六枚包んでくれた。

「ミミちゃんにまた会いそびれたって知ったら、柊子がきっとがっかりするわ。あの子、あなたのことを随分気に入っていたから」

そんなことを言った。

早い夕方だ。私はおもてにでて、ちょっと笑った。桐子さんが、ごくあたり前の顔で、私をミミちゃんと呼んでいたからだ。そう呼ばれるのは愉快な気がした。そういうことを曖昧《あいまい》にしちゃいけませんよ、とか言っていたのに、忘れてしまったのだろうか。こういうのが、年とった人のおもしろい点の一つだ、と思う。

ママとパパが離婚したのは、私が九歳のときだった。私とママはニューヨークに移り、パパはボストンに残って、その翌年には日本に帰国した。ママと私が現在住んでいる北千住《きたせんじゅ》の家は、パパがママの両親のために――そして、いつか帰国したときにママと私が家なき子にならないために――設計したものだ。ママの両親はもともとそこに住んでいて、隣の家が売りにだされたのをきっかけに、娘の別れた夫に建て替えの相談を持ちかけたのだった。ママとパパは喧嘩別れ（それも壮絶な）したのに、パパはママの両親と、その後も仲がよかったらしい。

ママはニューヨークで看護師として働いていた。夜勤も多く、いつも「くたくた」になって帰ってきた。でもママの場合、恋人と上手《うま》くいってさえいれば、どんなに忙しくても大丈夫なのだった。そういうときのママは、仕事にも家事にも手を抜かない上に、ボランティアまでひきうけたりしていた。笑顔と献身、機嫌のよさと涙もろさ、情熱、正義感、そして優美さ。ただし恋人がいなくなってしまうと、そこには決まって「くたくた」だけが残るのだった。

おばあちゃんが亡《な》くなって、パパの建てたその家におじいちゃんだけが残されると、ママは帰国することを決めた。帰国した半年後にはそのおじいちゃんも亡くなってしまったわけだけれど、あのとき、もしもママの恋が一つ終ったところじゃなかったら、ママは帰国を決められなかったのじゃないか。いまでも私はそう訝《いぶか》っている。

ロッカーに腰掛けてサンドイッチを咀嚼《そしやく》する、というのはお行儀のいい行為ではないのだろう。私の他には誰もしていない。昼休み。ロッカーは窓にくっつけて設置されているので、背中に日があたって気持ちがいい。「美海は友達をつくろうとしない」。私は、クラスの子たちがそう思っていることを知っている。「美海は一人を好む」あるいは、「お高くとまっている」。

たしかに。胸の内で言って、ちょっと笑った。たしかに、ロッカーの上は椅子《いす》の上よりも「お高い」。教室全体が見渡せるから、心を平静に保てる。ここからの眺めのなかに紛《まぎ》れてしまうのはこわいことだ。客観性が保てなくなる。

それに、単純にいい眺めなのだ。これは私がこの学校に入学して驚いたことの一つでもあるのだけれど、みんな、レストランのランチみたいにきれいで手の込んだお弁当を持っている。しかも毎日違うものだ。アメリカの学校に普通にいた、毎日おなじパスタの子とか、毎日おなじサンドイッチの子、毎日おなじ店のハンバーガーの子なんかは、ここにはいない。

早退ばかりしていながら言うのもおかしいけれど、全体として、私はこの学校が気に入っている。先生のうちの何人かも、生徒たちの持つ、真面目《まじめ》で穏やかな雰囲気も。

昼食を終え、ぴょんと跳んで床におりる。上履きが、きゅっと音をたてた。

衿《えり》ののびた長袖《ながそで》のTシャツはこげ茶で、洗いすぎて色のあせたスウェットパンツはピンク。生《は》え際《ぎわ》に白髪《しらが》の目立つ黒い髪は、うしろで一つに束ねてある。頬は削《そ》げていて、目のまわりには隈《くま》。つめたい水で洗ったばかりの顔はところどころ赤く、近づくとクリームの匂いがする。

「おはよう」

おまけに声まで掠《かす》れていた。

「おはよう。飲みすぎ？」

休日の朝のママは、いつもこんな感じだ。ベストの状態——というのは勿論《もちろん》恋をしているとき。恋が、あるいは結婚が、上手くいっているとき——のママと同一人物だとはとても思えない。

「ちがうの。カラオケ。××さんや、〇〇さんたちと」

看護師仲間の名前を言った。

「すごそう」

「すごかったわよ」

そうですか。私は声にださずにつぶやいた。コーヒーを注いで、パンをトースターに入れる。

「いいお天気ね」

ちっとも嬉《うれ》しそうにじゃなく、ママが言う。

「庭に水をまかないと」

片手で顔を半分おおう仕種《しぐさ》。

「やっとこうか？」

ママは心底嬉しそうな顔をする。ぱっと、いきなり。

「そうしてもらえると助かるわ」

私は肩をすくめる。水まきなんて、たいした手間ではない。雪柳の茂み、姫りんごの木が一本と、沙羅双樹《さらそうじゅ》の木が一本、棚に這《は》わせたスプレー咲きの薔薇《ばら》。庭と呼ぶにはあまりにも狭いスペースに、でも目立つ植物がいろいろ、無理矢理みたいに植えられているだけだし――。

「で、きょうは何の映画を観《み》る？」

ママが訊いた。私とママの、週末の習慣。映画館に行くのは月に二度くらいで、あとはレンタルしたＤＶＤかテレビだけれど。私とママは、どちらも映画が大好きなのだ。アメリカにいたころも、ショッピングモールに併設されたシネマコンプレックスによくでかけた。山のようなポップコーンや、テイクアウトした春巻を持って。

ひさしぶりに映画館にでかけましょう、とママは言う。どこで何が観られるのか調べておいて、と。そして立ち上がる。コーヒーの入ったマグを手に、台所をでていく。たぶんもう一度寝るのだ。

トーストが焼け、私はそこにバターと明太子《めんたいこ》を塗る。明太子は、パパの両親がしょっちゅう送ってくれるので、我家の冷蔵庫の常備品だ。明太子と映画館は、どちらも私が日本に帰って感動したもの。

　東京という街には、ほんとうにたくさんの映画館があって驚く。どの映画館も清潔で快適だし、世界中の小さな作品が観られる。それは、アメリカにいるときには考えられないことだった。

　映画を観たあと、ママと私は字幕についてよく話し合う。フランス語やイタリア語の映画のときは別だけれど、英語の場合、決まって言いたいことがでてくるからだ。「あれじゃあジョークだってことが伝わらない」とか、「あんなにすっきりした日本語に置き換えられるなんて神業《かみわざ》だ」とか。

　朝食を終え、私は一人で食器を洗う。庭に水をまいたあと、何をしようかなと考えながら。

　校内で携帯電話を使うことは禁止されているのだけれど、放課後、校門を一歩外にでてしまえば、無論別だ。みんなすぐに電源を入れる。駅に向かう道を歩きながら、私は登録している番号を押した。

「はい、『リー・メロン』です」

この番号のいいところは、営業時間内なら必ず亘くんがでるところ。携帯にかけても滅多につかまらない奴《やつ》なのに。

「これから行っていい？」

いきなり言った。

「きょうは授業最後まででたよ」

念のためにつけたす。亘くんは笑って、

「そんなの、俺は責めたことないでしょ」

と、言った。

「勿論いいよ、来てくれて。でも七時まで店でられないよ」

「知ってる」

「んじゃ待ってる」

簡潔、というのが私たちの会話および関係の特徴であり、私の大いに気に入っている点であり、困っている点でもある。電話を切って、地下鉄に乗った。

地下鉄、JR、私鉄。電車を三つ乗り継いで、池ノ上で降りる。東京は広い。亘くんが店長をしている古着屋「リー・メロン」は、建物自体も古くて小さくて、とても恰好《かっこう》いい。ジーンズとTシャツとアロハシャツが、雑然とぶらさがっている。ガラスケースには銀のアクセサリーやジッポのライター、店の隅には古色蒼然《こしょくそうぜん》たる木馬。教会の、日なたの席に似た匂《にお》いがするのは木造だからだろうか。窓ガラスがなみなみで——というか、厚ぼったくて気泡入りの、昔っぽいガラスなので——、外が晴れていても雨でも、室内にそれが直接影響しない。いつも静かなのだ、この店のなかは。

「亘くん？」

声をかけてみた。

「いらっしゃい」

まず声が返り、一瞬遅れて本人がでてきた。キリストみたいな風貌《ふうぼう》と、鼻の下の髭《ひげ》。

「店番する？　それとも奥で何か飲む？」

店番する、と私はこたえた。まるい木製のスツールが、ここにはちゃんと二つあるのだ。

「もうじき逗子《ずし》だね」

まだ五月になったばかりだけれど、私は言った。毎年夏のあいだだけ、亘くんはパパの作ったサーフショップの店番をするために、逗子在住になるのだ。

「うん。あっちにもまた遊びに来てよ」

言われなくても行くつもりだった。ここは亘くんの店であって住居ではないけれども、逗子では、亘くんは店の二階に寝泊りする。おなじ訪問なら、私的空間とつながった場所の方がずっとおもしろい。

それに――。私は考え、考えただけで心拍数があがり、脈が速くなってしまう。それに、私は去年も逗子に何度も遊びに行ったけれども、去年と今年では、物事がすこし違っているはずだった。三十一歳独身の亘くんには、去年彼女がいた。三年越しのつきあいだったそうだけれど、彼女はある日、亘くんの元を去っていった。アデュー、フェアウェル、グッバイ、ソーロング。

「逗子に行ったら泊めてくれる?」

尋ねると、

「もちろん」

と即答されてしまった。身の危険は感じてくれていないのだ。

カップルが一組入ってきて、でて行った。亘くんの「いらっしゃい」から「ありがとうございました」まで、およそ二分。

次のお客は女の人で、十分近くいたけれど、結局何も買わなかった。

店番だなんて言っても、私は制服を着ているので店員には見えない。入ってきたお客は、私と亘くんがどういう関係なのか、たぶん訝る。そういうことを、亘くんがちっとも気にしていないみたいなのが、でも私には結構嬉しい。特別扱い。

「ここに来ること、涼子《りょうこ》さんに連絡した？」

「した」

私は嘘《うそ》をついた。

「どっちみち、ママはきょう夜勤だし」

これは本当。鍋《なべ》に何が入ってるとか、レンジにどれを何分入れるとか、朝こまかく説明された。

「じゃ、あとで晩飯、何か食う？」

「食うっ」

簡潔。

「日曜日にママと映画を観たの」

焼肉を食べながら、私は言った。

「へえ。何を観たの？」

亘くんの行きつけらしい、「リー・メロン」から歩いてすぐの場所にある店で、クリーム色のテーブルはべたついている。椅子は緑のビニール張り。制服に煙のにおいのつくことは、どうしたって避けられないだろう。

「サイドウェイ」

「へえ」

へえ、の言い方で、私には亘くんがそれを観ていない、というか、そもそも知らないことがわかった。「アバウト・シュミット」のアレクサンダー・ペインが脚本と監督で、サンドラ・オーがかわいい役をやっているのに。

「字幕はどうだった？」

よかった、とこたえた。ウーロン茶を啜《すす》り、亘くんの焼いてくれた牛たんに、別盛りのねぎをどっさりのせる。熱いものと冷たいもの、脂《あぶら》けのあるものと新鮮なものの組合せは、いかにもアジアの食文化だ。

「FISHYを疑わしいって訳してて、感動した」

「へえ」

ビールをのむときの亘くんに、私はいつも見惚《みと》れてしまう。あんなに細い手首で、あんなに大きなジョッキを、よくあっさり持ち上げられるものだ。

「どういう意味なの？　FISHYって」

考えてしまった。

「……疑わしい」

こたえると、亘くんは笑った。

「ね、今度一緒に映画観に行こうよ」

「いいよ」

また即答。網の上では肉が次々に焼けていく。ハラミ、豚《とん》トロ、ハツ、レバー。

「それか、また月島《つきしま》に行こう」

「月島？　いいよ。気に入ったの？」

私はうなずく。すこし前に、亘くんは私をそこに連れて行ってくれたのだ。海、埠《ふ》頭《とう》、夕景、並木道、混雑したバス、昭和っぽい家なみ——。東京はほんとうに広い。

「あのさ」

亘くんが言いかけたとき、私の携帯電話が鳴った。誰からかはわかっていたので、店の外にでながら受けた。喧噪《けんそう》は、それでもママに届いただろう。

「美海？　どこにいるの？　何度も電話したのよ」

「ごめん。まだ家に帰ってないの。亘くんと一緒」

店のなかが煙くて暑かったので、新鮮な空気は嬉しかった。蛍光灯のついた電信柱、積み上げられた赤と黄色のビールケース。

「ちょうどごはん食べてるとこなの。焼肉」

電話の向うで、ママはためいきをついた。半分は安堵《あんど》の、半分は怒りをおさえようとするためいき。

「それはいいけど、家は遠いんだから早くでて、ちゃんと送ってもらうのよ」

「わかってる」

「お礼を言いたいから、亘くんにちょっと替わって」

そんなことをされたくはなかった。それで嘘をついた。

「ごめん。お店地下なの。電話は入らないよ」

テーブルに戻ると、私のお皿には肉が山盛りになっていた。

「ママだった。亘くんによろしくって」

にっこりして、言った。

「うん。俺からもよろしくって伝えて」

亘くんは煙草《たばこ》に火をつけて、深々と喫《す》う。

「ええと、何だっけ。さっき亘くん何か言おうとしたよね」

「うん」

あのさ。もう一度言い、亘くんは私の顔をじっと見た。おもしろがるような表情をしているから要注意だ。こういうとき、亘くんはよく意地悪を言う。意地悪ではないかもしれないが、私の気に入らないことを。

「俺は構わないよ。いつでもつきあう、映画だって月島だって」

私は身構えた。

「でもさ、友達も必要だと思うよ。だってつまらないでしょ、せっかく学校をさぼっても、一緒に遊ぶ子がいなくちゃ」

「きょうはさぼってない」

「そういうことじゃなく」

沈黙が落ちた。

「つまらなくないよ。私は一人でぶらぶらするの好きだもん。東京はおもしろいし」

亘くんは何も言わない。煙草を消し、いつのまにか運ばれて来ていたお茶をのんだ。

「それに、誰かと遊びたいと思えば遊べるよ。クラスにも、ときどき話す子はいるし」

また、沈黙。

「案外つまんないこと言うんだね。またたくまに気分を害した」

私が言うと、亘くんはふきだした。

「それは悪かった。わかった。余計なお世話だった」

「そうだよ。余計なお世話だよ」

私は思いきり不機嫌になった。もう立ち上がる気もしない。私に友達が必要？　日本における唯一《ゆいいつ》の友達に、そんなことを言われるとは。

「そういうこと、今後は一切言わないでね。言ったらもう遊びに来てあげないからね」

亘くんは、ちょっと驚いた顔をした。


雨。午後の授業を受けるのをやめて、私は図書館に来ている。公園のなかの図書館。と言っても、本を読んでいるわけではない。ロビーに置かれているソファで、音楽を聴いているのだ。ここは寛《くつろ》げるから気に入っている。静かなのだ。音楽を聴いていてもちゃんとわかる。閲覧室ほどではないけれど、ここも外とは比べものにならないほど静かで、咳払《せきばら》いとか靴音とか、コピー機の音とかがやけに目立つということが。静寂というのは、音じゃなく気配だから。

ＭＤプレイヤーは、私が肌身離さず持ち歩くものの一つだ。音楽があれば退屈しないし、一人でいても孤独そうに見えない。渋谷とか新宿とか、人の多い賑《にぎ》やかな街を歩くときはとくに大切。巨大な看板とかゲームセンターの騒音とかビラ配りの人とかで溢《あふ》れたあの不穏な街が、音楽を聴きながら歩くと、まるで映画みたいにきれいに見えるのだ。それに、イヤフォンをつけていれば、知らない人にあまり話しかけられずにすむ。

もっとも、それでも時にはいま目の前にいるような人、スティングに合わせて心のなかで「SET THEM FREE」を歌っている私の前に顔をつきだして、身ぶりでイヤフォンをはずせと訴えるような人、もいるわけなのだけれど。

はいとか、何ですかとか、言わないことが重要だと、とっくに私は学んでいた。男の人は大学生のように見える。わりときれいな顔に、黒縁の眼鏡。しつこい。腰をかがめ、片手で拝む恰好をして、ありもしないイヤフォンをはずすまねをした。

私ははずした。うんざりする、と表情で伝えながら。

「何してるの？」

あろうことか、男の人はそう尋ねた。呆《あき》れた。見てわからないなら、きっと言ってもわからないだろう。私はイヤフォンをつけ直し、何もなかったようにそっぽを向いて、スティングの待つ場所に戻った。男の人は、しばらく所在なさそうにしていたが、じきに諦《あきら》めていなくなった。いい気味。

けちがついたから図書館をでようかな、と考える。六本木ヒルズでものぞいてみるか。あそこはパパの事務所の近くだし、美術館もあるから退屈しない。雨。あの男の人は、きっと私を感じが悪いと思っただろう。

柊子さんに会ったのは、三度目に桐子さんを訪ねたときだった。中間試験の終った日。お昼どきにおじゃましては悪いと思ったので、私は街をぶらついて、ちゃんと時間をつぶしてから行った。

マンションの外観には何の親近感も覚えないけれど、ひとたび玄関に入ると、もう勝手知ったる場所の気がした。

「よかった」

私を見て、桐子さんは喜んでくれた。「ちょうど柳がれいが届いたところ」なのかと思ったが、そうではなくて、柊子さんのいる日だから「よかった」ようだ。

「どうぞ。このスリッパをはいて、居間の場所はわかるでしょ。また食堂から椅子を運んで坐《すわ》ってね。あたしはちょっと、柊子に電話をかけてくるから」

黒いセーターに黒いずぼん、黒い縁の老眼鏡。

「吉田さん。ねえ、吉田さん」

居間に向かって桐子さんは言った。怒鳴っているつもりかもしれなかったが、声はちっとも響いていない。いまいましげにためいきをついた。こういうときの桐子さんは、漫画にでてくるやさしいブルドッグみたいだ。

「吉田さんっ」

私がかわりに呼んであげると、桐子さんは目をまるくして私を見た。

「びっくりさせないでちょうだい。随分大きな声がでるのね。かみつかれたかと思いましたよ」

吉田さんは現れた。現れたけれどもうハンドバッグを持っていて、明らかに帰ろうとしているところだった。

「ああ、そうね、もう時間だったわね」

桐子さんが言う。

「紅茶をいれてもらおうと思ったんだけど、いいわ、自分でします」

御苦労さま、と労《ねぎら》われ、吉田さんは帰っていった。

今夜は煮魚なのだとすぐにわかった。生姜《しょうが》のきいた甘辛い煮汁の匂《にお》いが、濃く漂っていたから。テーブルにならんだ食器には、すべてラップがかけられている。蒸気で曇り、内側に水滴をびっしりつけたラップたち。「吉田さん」が作ったのだと思われる、桐子さんの夕食。おもてはまだまぶしく晴れているのに。

「柊子、すぐ来ますって」

桐子さんは言い、紅茶をいれてくれた。

所狭しと物の置かれた飾り棚の上に、写真入りの額が一つ増えていることに私は気づいた。砂浜で、バーベキューの煙ごしにカメラを見て笑顔をつくっている桐子さんと柊子さん。ちんまりとまっすぐ腰掛けている桐子さんの方に、柊子さんが上体を思いきり傾けている。私が携帯電話のカメラで撮った写真だ。桐子さんの肩には薄紫色のストール、柊子さんの着ているのは茶色の麻のブラウス、二人とも、くっきり口紅を塗っている。

変な感じがした。この写真が二人の思い出なのか私の思い出なのか、わからなくなった。だって、あのときこの光景を見たのは私だけなのだ。

「ああ、それ」

桐子さんが言う。

「あたしたちはカメラを持ち歩かないから、送ってもらえてよかったわ」

こんにちは、と声がして、柊子さんが居間に入ってきた。お正月に会ったときよりも、痩《や》せたみたいだった。きれいなひとだ。それにははじめから気がついていた。パパは結構本気になっていたし。

柊子さんの、運んだ椅子の置き場所を、私は奇妙だと思った。桐子さんの肘掛け椅子の真横に、ぴったりくっつけて置いたからだ。二対一。これじゃあ面接みたいな坐り方だ。事実、柊子さんは面接官みたいに私をじっと見ている。それから、

「ほんとうにいるのね」

と、言った。自分の言葉に自分でちょっと笑い、

「ごめんなさい、あたりまえよね。理屈ではちゃんとわかってるんだけど」

と、言う。

「仕事をしてらしたんですか？」

仕事場から来たのだからそうだろう、とは思ったけれど、他に言うことを思いつかなかったのでそう尋ねた。柊子さんは肯定し、何か思いついたみたいにあわてて、

「ああ、でも全然大丈夫なのよ。ミミちゃんに会えるなんてとてもおもしろいことだもの」

と、つけ加えた。

「『全然』と言うなら、『構わない』だわね、『大丈夫』じゃなくて」

ぼそぼそと桐子さんが言う。

「柊子もお茶をいれていらっしゃい。ついでにジャムをとってきて」

部屋のなかは静かで、たくさん日光が入ってあかるい。ものすごく平和な場所にいるような気が、いきなりした。

「それは何？」

桐子さんの声がした。顎《あご》をおもいきり引いて、老眼鏡の上から私の足元を見おろしている。怪訝《けげん》そうな、ほとんどしかめ面《つら》と言っていい顔つき。桐子さんが指したのは、私の通学鞄《かばん》だった。

「くまです」

それでそうこたえた。そこには、体長十五センチほどのくまのぬいぐるみがぶらさげてある。先週、六本木ヒルズでみつけて多大に気に入って買ったものだ。

「キッカイね」

桐子さんは言った。知らない言葉だったけれど、意味はなんとなくわかった。このくまには頭部がなくて、あるのは胴体と手足だけなので、桐子さんはたぶんそのことに文句があるのだろう。キッカイ。家に帰ったら、桐子さんにもらった広辞苑で調べてみようと思った。念のために。

柊子さんと桐子さんは、そのあと旅の思い出を喋《しゃべ》った。交互に、楽しそうに、ならんで坐って。「クロゼットの扉にくっついていたカエルには参ったわね」とか、「何といっても景色のすばらしさですよ」とか、「ジントニックが薄くて」とか。二人とも短くしか発言しないので、それらは思い出話というより思い出の確認、もしくは点検みたいな感じだった。「そうそうそう」「そうだったわね」お互いにそう言いあって、くすくす笑う。

「ベッドからバスタブが丸見えだったのには驚いたわね」「ほんとね」「ミミちゃんも困ったでしょう？　あれじゃあ」仕切り戸を閉めましたから、と私が言うと、二人は目をまるくして、「そんなもの、あった？」「さあ、気がつかなかったけど」「あたしたちのお部屋にはなかったわね」「そうね、なかったと思う」などと言う。そんなわけないじゃん。私は心のなかで言った。クロゼットの裏の戸袋に、三枚の板戸が収納されていた。それを順番にひっぱりだせば、続きの間は寝室からきちんと隔てられる仕組みになっていた。

年齢差は十分に母娘《おやこ》のそれなのだけれど、喋っている二人はなんだか姉妹みたいにも見えた。すぐしかめ面をする姉と、すぐ眉《まゆ》を持ち上げてみせる妹。

「よかったら、ジャムをつけておあがんなさい」

桐子さんにそう勧められたのはいつもの薄荷《はっか》チョコレートで、チョコレートにジャムを塗るなんて信じられないと思ったので私は手をださなかったけれど、二人は実際にジャムをつけてつまんでいた。ラベルに手描きで杏《あんず》の絵のかかれたジャム。

私は、あの旅がこのひとたちにとって楽しいものだったらしいことを知って、どういうわけか嬉《うれ》しかった。関係ないのに。そして、あの旅は私にとって、そんなに楽しいものじゃなかったのに。

先週、六本木ヒルズに行ったあとで、パパの事務所に寄ってみた。突然行ったので仕方のないことだけれど、パパは留守で、事務所には鍵《かぎ》がかかっていた。いつでも遊びにおいで。パパにはそう言われていたし、合鍵ももらっていた。それで私はなかに入った。雨の日で、室内は薄暗く、ひんやりしていた。

私は勝手にコーヒーをいれ、筆箱から金色の太字マジックをとりだして、パパが仕事の予定を書き込んでいるカレンダーの、その日の欄にこう書いた。

来たよ！　美海

目立つように、文字を雲みたいなもくもくの線で囲んだ。欄からはみだしたけれど、気にするほどではなかった。

奥の部屋をのぞくと、ベッドがきちんとではないが整えられていた。ともかくカヴァーがかけられていたという意味だ。辛子色のベッドカヴァーが。

私はドア口に立ったまま、その部屋の、湿った匂いを吸いこんだ。かつて家にあった、いまはない匂いだ。子供のころから不思議だった。なぜパパの寝具やパジャマだけが、いつもこの匂いなのだろう。海に似て日陰に似た、重くて暗いけれど安心な匂い。ママのベッドも私のベッドも、もっとずっと乾いた匂いだったのに。

事務所でコーヒーをのんだ。さわさわと雨の音がしていた。製図台には何枚もの図面が重ねてとめてあった。機械のうなる音に続いて、ファクスが紙を吐きだし始める。流しに放置されていた二客のカップと灰皿を洗って、私は家に帰った。

「ああそうだ、ミミちゃん、カウチンセーターなんて着る？」

柊子さんが言った。

「冬の終りに衝動買いしてしまって」

そこで言葉を切る。続きを待ったけれど、それだけみたいだった。

「セーター？」

それでそう訊《き》いた。

た　く　ら　が

「そう、カウチンセーター」

沈黙。桐子さんが紅茶を啜《すす》る。

「もちろんまだ一度も着ていないし、タグもついたままなの」

柊子さんが言い、桐子さんが鼻を鳴らした。

「そんなものあなた、実物を見せなきゃお話にならないじゃないの。ねえ」

最後の「ねえ」は私に向けて発せられたものだったけれど、私ではなく柊子さんが、

「そうね」

と、こたえた。キッカイだ、というのはたぶん、こういうときに使う言葉だろう。

そのナントカセーターを、柊子さんは私にくれるらしい。自宅に置いてあって、いまは見せることができないから、近いうちに宅配便で送ると言った。気に入らなければ処分してしまって構わないから、と。

「でも」

そんなのはキッカイです、というのを自信を持って使える言葉に変換しようとして手間どっているうちに、辞退するタイミングを逸してしまった。

「さて。そろそろ私は仕事に戻らなきゃ」

柊子さんが言い、

「ミミちゃんはゆっくりしていってね」

と言われたけれど、私も帰ることにした。

二人に見送られ、晴れたおもてにでたときに気づいた。二人とも、学校は？　と訊かなかった。私は制服を着ているし、きょうが中間試験の終りの日だということを、あのひとたちが知るはずもないのに。

そういえば、この前学校を早退して来たときも、何も訊かれなかったっけ。あのひとたちにとっては、たぶんどうでもいいことなのだろう。ジャムをつけたチョコレートとか、旅先で見たカエルとかの方が、ずっと大事なのだ。そう思うと私は愉快な気持ちになった。

パパが柊子さんとの「散歩」から帰ってきたとき、私はコテージで踊っていた。仕切り戸の存在さえ知らなかった桐子さんたちは、あのコテージに音質のいいステレオが完備されていて、夜、テラスに続く扉をあけ放して音楽を聴くと、月あかりが流れ込み、波の音や虫の声と音楽がとけ合って、どんなディスコよりも気持ちがいいということも、きっと知らなかったのだろう。図書室と呼ばれる部屋に行けば、サイン一つで好みのＣＤがいくらでも借りられるということも。

ともかく私はそこで身体を揺らしていた。冷蔵庫からだした、痛いほどつめたいセブンアップをのみながら、スティングにあわせて。

「いいね」

パパは言った。室内にはテラスから入る造りになっていたのだけれど、入ってこようとせず、しばらくそこに立って私を見ていた。

「おかえりなさい」

私は言った。電気をつけていなかったので、月の光とフットライトで、テラスの方があかるい。私は、自分がパパの目に、踊る影絵みたいに見えたはずなのを知っていた。

「散歩、どうだった？」

「たのしかったよ。どうして来なかったの？」

げー、と、こたえた。おじゃまかと思ったから。そう言って、踊るのをやめ、あちこちのスタンドをつけてまわった。

「ばかな」

パパは言い、小さく笑った。

スティングはまだかかっていたけれど、もう神秘的には響かなかった。ゆらゆらと身体を揺らさずにいられなくはなくなったし、ロマンティックでさえなかった。私にとって、音楽は一人で聴くときにだけ、甘くて物悲しい。私たちはそれぞれ寝るための身仕度をした。二人旅の父娘《おやこ》にふさわしく、それぞれ自分の鞄をあけ、無言で別々に動きまわりながら。

パパのことだから。私はつい考えてしまった。パパのことだから、柊子さんをどこかロマンティックな場所——ここではなく、いつもサーフィンをする海辺とか、できたばかりの、ベッドみたいな座席のあるバーとか——に連れて行ったのだろう。あるいはもしかして、空いているコテージを、手っ取り早く格安料金で、おさえたのかもしれない。

　翌朝、パパはフロントに電話をかけて、あの二人に届けるお花とシャンパンを手配していた。

「パパとママは離婚するけれど、ママはずっと美海のママだし、パパもずっと美海のパパだよ」

　そう言われた日のことはよく憶《おぼ》えている。知ってる《I know.》。心のなかで、英語でそうこたえた。ほんとうに知っていたのだ。授業でもそういうことは教わっていたし、クラスには、両親の離婚した子が何人もいた。

第一、パパにそう言われたあの日以前にも、ママから何度も仄《ほの》めかされていた。そういうことになっても構わないかと尋ねられたり、パパもママも「まじりっけなしに」心底私を大切に思っているのだと言われたりしていた。その全部を、もちろん私は知っていたのだ。

曇った、肌寒い土曜日で、シッターさんの来る日ではなかったのに彼女は来た。学生で、アマンダという名前だった。アマンダは私を港に連れて行ってくれた。旗のたくさんひるがえったレストランや、小さなかわいいおみやげ屋さんのある港だ。

私たちは手をつないで歩いた。アマンダは毛糸の帽子をかぶっていたけれど、寒さで頬を赤くしていた。私も寒かった。

「残念ね」

彼女は言い、私の手をぎゅっと握った。港は魚くさかった。

砂糖まぶしの揚げ菓子を買ってもらって歩きながら食べた。たしか「ベニエ」と呼ばれてポピュラーなお菓子だったけれど、ニューヨークに引越してからは見たことがない。

その後、恋人ができるたびに律儀《りちぎ》にも私に紹介してくれる——あるいは手紙にさりげなく書き添えて知らせてくれる——パパとママだったけれど（あの二人にどんな欠点があるにせよ、揃《そろ》っておそろしく正直だという一点は疑いようがない）、離婚を決めたあのころは、どちらにも恋人はいなかったと思う。喧嘩《けんか》も派手だったが、仲直りしたあとのべったりぶりも派手だったし、そういうときは、ああ、このひとたちは愛しあっているんだなあと、子供の私にもはっきりわかった。凄《すさま》じいばかりの罵《ののし》りあいにも、他人の名前は一度もでてこなかった。

だから、あのひとたちの恋愛癖は離婚後に始まったものだ。それとも、そう思いたいだけなのだろうか。パパとママの別れた理由なんて私には関係ないのに。ボストンもアマンダもそれ以前の日々も、もう遥《はる》か遠くに行ってしまったのに。

カウチンセーター（その名前は、改めてママに教わった）は、三日後にほんとうに送られてきた。セーターというか、それはカーディガンだった。太いしっかりした毛糸で編まれており、両側にポケットがついている。生成《きな》りの地の胸のあたりにぐるりと茶色い模様があって、そこにはトナカイが編み込まれている。ボタンは革を組んだものだった。たっぷりしていて手触りは固く、着てみると我ながら似合った。外国のおばあさんみたいでかわいいと思ったし、ママが言うには「昔流行《はや》った」らしいけれど、いまは見かけないから目立っていいなとも思った。高級品らしく、厳重に包装されていたし。

「一体全体、何だっていうの？」

ママは、でもため息をついた。

「干物とか辞書とか、そのひとたちは一体どうしてあなたに物ばかりくれるの？」

知らない、とこたえた。

「階段は埃《ほこり》だらけだし」

まったく別のことまで言う。ママは仕事から帰ったところで、まだジャケットも脱いでいない。

「だって勝手に送られてきちゃったんだもん。私のせいじゃないからね」

階段をのぼるママのうしろ姿に言ってみた。ママは立ちどまったけれど振り向かず、

「だから何？」

と、英語で言った。

夕食のあとで柊子さんにお礼の電話をかけた。私がとても気に入ったと言うと、柊子さんは「よかった」とこたえた。短く、でも笑みを含んだ声で。なんとなく淋《さび》しそうな笑みだと思った。電話の向うはしんとしていた。ママはすぐそばにいて、でも私

が「替る？」と訊くと首を横に振った。なぜだか機嫌が直ったみたいだった。

「よくできました」

電話を切ると、ママは言った。

「人見知りの美海にしては、上出来」

私は首をかしげる。

「人見知り？　私は自分をそれじゃないと思うよ」

相手が大人なら、と、胸の内でつけたした。

「それならいいけれど」

歌うようにママが言い、その瞬間に私は直感した。男だ。恋だ。そして電話だ。

仕事から帰って着替えに二階に上がったあと、ママは誰かに電話をしていた。長電話というわけではなかったし、べつに気にもとめなかったのだけれど、おりてきたママは、帰ったときとあきらかに違う顔をしていた。何ていうか、穏やかな顔。カーディガン問題に気をとられていなければ、たぶんすぐにわかったはずだ。

今度は相手が妻帯者じゃありませんように（ルーのときのように）と、私は祈った。そして、今度は二股《ふたまた》をかけられていませんように（三上《みかみ》先生のときのように）と祈った。そして、でも、私に新しいパパができたりしませんように、とも、また祈った。ママには悪いけれど。

バインダーに綴《と》じられた紙束には、サーフボードの品名や品番、大きさや特徴や価格が、簡単なイラストと共に印刷されている。濃すぎるコーヒーと煙草《たばこ》の煙、薄暗いソファ席。ホテルのロビーラウンジは、人が多すぎるためにかえってよその席の声が聞こえにくい。パパはきょう、ここで打ちあわせが三つあり、その隙間《すきま》に、亘くんとのミーティングを無理矢理割り込ませた。ついてきた私を見て、パパは目尻《めじり》を下げて嬉しそうに笑った。笑ったまま、

「おいおい」

と亘くんに言った。

「涼子に叱《しか》られるのは俺なんだぞ」

と。

「私が勝手についてきたんだから亘くんのせいじゃないよ」

パパの二番目の打ちあわせの相手――その人はレジでお金を払っている。いまにも振り向いてパパに会釈《えしゃく》をするだろう――ののみ残したコーヒーの置かれたままの席に、構わず腰をおろして私は言った。

「それに、ママはいま恋愛中だから気にしないと思う」

とも。パパは「ほう」とこたえた。おもしろいニュースだ、というみたいに。

さっきから、私は隣に坐《すわ》った亘くんの、ジーパンの破れ目からのぞく膝《ひざ》ばかり見ている。バインダーの中身には興味がないから。亘くんの膝は白く、細く、頼りなげに見える。

ミーティングはあっというまに終ってしまう。それはパパが亘くんを全面的に信頼しているからとも言えるし――亘くんはパパにサーフィンを教えてくれた人の息子だ。パパとママの仲人《なこうど》でもあったその男性は、若くして病気で亡《な》くなった。亘くんに対して、パパはある種のセカンド・ファーザー的愛情を抱いているのだと思う――、逗子の店が、パパにとって趣味みたいなものだからとも言える。

「美海が来るってわかってたら、夜の予定をあけておいたのに」

パパは言った。設計した店の、オープニングパーティに出席しなくてはならないらしい。

「パーティなら、ちょっと顔をだしてぬけることもできるんじゃない？」

私は言ってみた。

「亘くんは？　今夜暇？　三人でごはん食べようよ、パーティのあとでパパと合流して」

私の提案は、二人を困らせたようだった。短い沈黙のあと、

「いや、そうもいかないんだ」

と、パパが言った。

「他にも幾つか用事があってね」

私は期待をこめて亘くんを見たけれど、「発注しなきゃ」というこたえが返っただけだった。このところ、亘くんは忙しそうだ。私は首をすくめてみせた。失望のしるしに。

パパとは、夏休みに祖父母の家に一緒に行くことになっている。お正月の海外旅行と夏休みの帰省。娘をほったらかしにしていると、パパを責めることはできないだろう。

「そういえば、来週私、柊子さんに会うんだよ」

思いだして言った。

「桐子さんのお誕生日なんだって。毎年その日はお祝いの外食をするんだって。私も招《よ》ばれたの」

パパの顔に、ふいをつかれた表情が浮かぶのを見て、私は優越感に似た気持ちを覚

えた。

「パパも来たいでしょ」

冗談めかせてつけたしたのは、その気持ちに気がとがめたからだ。

「桐子さんって、広尾に住んでるあのお婆《ばあ》さん?」

亘くんが発言し、パパはますます取り残された顔になる。

三番目の打ちあわせ相手が現れたらしく、パパは片手をあげ、すぐそっちに行きます、というようなことをもごもごと呟《つぶや》いた。


「じゃあ、涼子さんは熱愛中なんだ」

おもてにでると、亘くんは言った。湿った風。どこもかしこも濡《ぬ》れているが、さっきまで降っていた雨はあがり、薄日がさしている。

「うん。まだ紹介はされてないけど、交際は順調みたい」

「機嫌いいんだ」

「すこぶるいい」

目の前の公園を指さして、「ちょっと歩く?」と私は訊《き》いた。「だって私、広尾も六本木も銀座もくわしいけど、日比谷はまだ歩いたことないの」

亘くんは苦笑する。「いいよ、そんなのわざわざ理由を言わなくても」

そう言って、先に立って交差点を渡った。きっちりと巻かれたビニール傘、穴のあいたジーパン。

ママの新しい恋について、きょうまでのところ私にわかっていることは、相手が独身で、地図をつくる仕事についていること、ママとその人は共通の友人を介して出会ったということ。つまりブラインドデートだ。

「いまはね、家のなかもすごくきれい。冷蔵庫のなかまで整理しちゃって」

公園には噴水があった。薔薇《ばら》が咲いていて、ベンチがあり、鳩《はと》がたくさんいた。

「ママってほら、そういうとき生活のすべてに燃えちゃうタイプだから」

薔薇は、花にも葉にも、大小のまるい雫《しずく》をびっしりとのせていた。

「いいじゃん」

亘くんは言って、笑った。

「まあ、いいんだけどね」

聞いた話では、亘くんのお母さんは亡くなった夫を崇拝しすぎていて、他のことには一切関心がないのだという。亡くなった夫の友人知人としか会いたがらず、亡くなった夫の話しかしたがらない。帰国したママがお悔みを言いに行ったときには、「亡くなった御主人のシャツを着て出迎えてくれて、ぎょっとしちゃった」のだった。

「女の人って情熱的だよな」

しみじみと亘くんが言い、私は首をかしげた。

「女の人？　そうかな。だってパパは？　パパの女好きもそうとう情熱的と言えるんじゃないかな」

亘くんはまた笑って、

「あの人は別格だよ」

と、あっさり認めた。

「親父《おやじ》もよく言ってた。天性の女たらしだって。淋しがりだからなって」

私は感心してしまう。淋しがりの女たらし。それは、なんてパパにぴったりの言葉だろう。パパそのものみたいだ。

「パパね、プーケットで桐子さんの娘にも情熱燃やしたんだよ」

私は言ったが、ほんとうはそんなことを言いたいわけではなかった。

「まめだなあ。まあ俺は驚かないけどね」

ほんとうは、亘くんは？　と、訊きたかった。情熱的じゃないの？　たとえばすこし前に別れた彼女のことを、いまはどう思ってるの？　いまでも連絡をとりあう「友達」だったりする？　それとももう別の女の人がいたりするのだろうか。

そういうことを、でも私は亘くんに尋ねられなかったし、これからも尋ねないだろう。どっちみちはぐらかされるに決まっているし、尋ねることで、何かが壊れてしまう気がする。亘くんの特別扱いを、簡潔にして曖昧《あいまい》なこの関係を、私は失いたくない。たとえそれが、永遠に続くわけではないもの、保存できないもの――ちょうど、薔薇にのった水玉みたいに――だとしても。

私たちは公園をでて、地下鉄の改札口で別れた。別れたけど、反対のホームにいる亘くんが見えた。声をださず、おーいと叫ぶまねをすると、亘くんは困ったような顔をした。夕方のラッシュが始まろうとしていた。

お誕生日の夕食に誘ってくれたのは、桐子さん本人だった。この前遊びに行ったとき、ぜひいらしてと言われた。雨で、朝家をでて、気分がいいので何となく学校に行かずにそのまま桐子さんの家に行った。吉田さんも柊子さんもまだ出勤していなくて、私たちは二人で紅茶をのんだ。桐子さんは、「毎日雨で、じめじめして気が塞《ふさ》ぐ」と言った。「梅雨《つゆ》はいやね」と。私には、その感じはよくわからない。雨に濡れてもどうってことはないし、かえって気持ちがいいくらいだ。

「ピーター・スピアを御存知ですか？」

それでそう訊いた。スピアはアメリカで有名な絵本作家で、「RAIN」という素晴らしい本をかいた人だ。日本にも売っているかどうかわからなかったけれど、私は桐子さんにその本を見せたかった。あれを読めば、雨の日の気持ちのよさをきっと思いだせるはずだ。

「作家なの？」

桐子さんは興味を持ったようだった。

「知らないわねえ。他にどんな本をかいてるの？」

「『サーカス！』とか、『クラッシュ！　バン！　ブーム！』とか」

私が言うと、桐子さんは不機嫌なブルドッグみたいな顔で首をひねった。

「そこの紙に書いといてもらえる？　あたしは知らないけど、洋書なら柊子がくわしいから。ほら、最近は外国の本もすぐ取り寄せられる時代でしょう？」

言われたとおりに、私は書いた。

「そういえば、ちょうどきなこ雪餅《ゆきもち》を取り寄せたところなの。おせんべなんだけど、おいしいのよ。食べてみない？」

いただきます、とこたえ、私は桐子さんがお取り寄せ好きなことを思いだした。スピアも、ほんとうに取り寄せるかもしれない。

「ミミちゃんはどうして字幕をつける人になりたいの？」

桐子さんにそう訊かれたのは、そのきなこせんべい――軽くて、うす甘くて、確かにとてもおいしいものだった――を食べているときだった。

「映画が好きだし、英語は得意だから」

こたえたが、桐子さんが納得していないのがわかった。

「それに、ときどき不満な字幕があって」

そこまで言うと、桐子さんはやっと得心《とくしん》がいったとばかりにうなずいた。

「ああ、そういうことなのね。それならばわかりますよ」

私はこの人の納得のしかたを好きだと思った。たぶん、実際的なのだ。

「職業は大事ですよ」

桐子さんに言われ、私は同意した。

「そうですね。ほんとうにそう思います。男の人に頼って生きるのはいやだから」

ついつけたしてしまったのは、離婚後のママを見ているからかもしれないし、たまたま、またしてもママが恋をしたところだったからかもしれない。桐子さんはうなずいて、

「柊子もね、あなたみたいな子に育ってくれたらよかったんだけど」

と、言った。

「あの子には、せっかく自活できるだけの職業があるんだから」

私は笑った。だって、それは私がママに言いたいことだったから。

「私たち、気があいますね」

にっこりして言ってみた。言葉どおりの意味のつもりだったのだけれど、桐子さんはびっくりした顔をした。ほとんど怒ったみたいな顔。そのあとの反応は、でも私の予想もしないものだった。

「やめてちょうだい、気恥かしい」

そう言って笑いだしたのだ。ひとしきり笑ってお茶をのみ、

「ミミちゃん、今月の最後の金曜日はお暇？」

と、訊いた。

「あたしね、その日に七十五になるのよ」

シチジュウゴ。私は胸の内でくり返した。それは、何だか外国語みたいに思えた。

六月最後の金曜日は快晴だった。私は六限目まできっちり授業にでた。いったん帰

って着替えをして、約束のレストランに、予定より十五分早くついてしまった。道に迷うかもしれないと思って、早目にでたせいだ。湿度の高い、むうっとした夜だ。空気はもやもやしているが、それを透して星が見えた。歩きながら、私は自分がどんどん緊張していくのがわかった。これまで一人でレストランに入ったことはないし、こんなに年齢の離れた人の、お誕生祝いに招かれたこともなかった。

私は日本酒の入った箱を抱えていた（贈り物はそれがいいだろうと、ママと相談して決めた）。手に地図を持ち、耳にはイヤフォンをつけ、ステッペンウルフを聴きながら歩いた（ステッペンウルフは亘くんに教わったバンドだ）。

レストランはすぐにわかった。裏通りの殺風景な場所に、そこだけ暖かげな明りが灯《とも》っていたから。外壁は黄色く塗られ、日よけ庇《びさし》にはBISTRO A VINと書いてあった。立ちどまって店名を確かめようとした途端、中から自然に扉があいた。前掛けをした若い店員さんがあけてくれたのだった。

奥の席に、桐子さんがすでに一人で坐っているのが見えた。居心地が悪そうに、憮《ぶ》然《ぜん》として。まるで、ものすごく親しい人に偶然会ったみたいに、私は嬉《うれ》しくなって突き進んだ。イヤフォンをはずし、地図をしまって、日本酒の箱を渡した。立ったまま、

「こんばんは。おめでとうございます」

と言って。私を見て、桐子さんもほっとしたようだった。隣の席をぽんぽんたたき、そこに坐るよう促すと、

「さあ賑《にぎ》やかになった」

と、誰にともなくつぶやいた。

テーブルは四人分セットされていた。私は何となく、桐子さんと柊子さんが二人でお祝いをするのだと思い込んでいたのだけれど、柊子さんの夫も来るのだとわかった。本日は、お招きいただきましてありがとうございます。そう言うように、ママに厳命されていたことを思いだした。本日は、は変な気がしたので、

「今夜はお招きいただきまして、ありがとうございます」

と、言った。

「堅苦しい挨拶《あいさつ》はぬきにしましょ」

桐子さんはこたえたけれど、それは、満足そうにうなずいたあとのことだった。

柊子さんとその夫は、七時ぴったりに現れた。そのときにはほぼ全《すべ》てのテーブルが埋まっていた。活気のある店だ。店員さんの数が多く、通路を歩くのも人をよけながらという状態だったのだけれど、二人は女性が前、男性が後ろでぴったりくっついて、すいすいと足早に進んできた。途中で柊子さんは首をねじり、笑いながら夫に何か囁《ささや》

いた。私は、二人が通路でまで手をつなぎあっていることに気づいた。

挨拶とか紹介とか、柊子さんの夫が桐子さんに「あいかわらず景気の悪い顔をしていますね」と言う一幕とかがすみ、みんなでシャンパンで乾杯した。私はべつに飲みものを尋ねられ、お水をもらっていたのだけれど、乾杯だけは、一緒にシャンパンでした。

「それにしても」

斜め前の席から私を見て、原さんは言った。

「ミミちゃんに会えるとは光栄だな」

すごみのある顔の人だなと思った。左右の目の大きさが違うせいかもしれないし、眉毛《まゆげ》の上に傷があるせいかもしれない。実際、眉毛は傷で分断されていた。でも、同時に力強い陽気さがあり、それがこの人に独特の魅力を与えていた。

「旅から帰ってしばらくのあいだ、柊子があんまりあなたのことを話すから、いやがおうでも興味をかきたてられてしまった」

「ほんと、あれには呆《あき》れましたよ」

桐子さんが口をはさんだ。

「この子ったら日課みたいにミミちゃんに会いたがって」

ひっそりと、柊子さんは笑った。

「だって、東京でまた会えるなんて思いもしなかったから」

ニース風のサラダがでて、半熟卵をワインで煮たものがでて、つめたいヴィシソワーズがでた。メインは豚肉料理で、どれも感動的においしかった。私以外の三人は、みんなびっくりするほどよく食べてよく飲み、よく喋《しゃべ》ってよく笑った。私もたくさん笑った。何というのだろう、三人ともことさら私に話しかけようとしたりせず、私の知らない誰彼のことや、柊子さんの仕事のこと、サプリメントの効用からロンドンのホテルのサービスのことまでそれぞれが楽し気に話し、一つの話題が——たいていは桐子さんの突飛な連想で——べつの話題に鮮やかに結びつき、そのあいだにもみんなパンをちぎっては口に運んでいて、私としては聞いているだけで、そして見ているだけで、おもしろいのだった。

柊子さんは、何かを話すとき、必ず途中で原さんを見た。ほんの一瞬で、あとはむしろ私や桐子さんに向かってばかり話すのだけれど、「去年だった？」と確認したり、何も言わずにただ顔を見てから話し始める柊子さんは可愛《かわい》らしかった。

原さんは、柊子さんを柊子と呼び、桐子さんを桐子さんと呼ぶ。そのことも私には興味深かった。パパは、亡《な》くなったママのママを「お母さん」と呼んでいたし、ママもパパのママをそう呼んでいる。

　私がアイスクリームを食べているあいだに、三人は食後酒までのんだ。ほんとうに、よくお酒をのむ人たちだ。ママが見たら、「肝臓が悲鳴をあげているのが聞こえるようね」と言うだろう。

「とってもいいお誕生日だったわ」

　煙草《たばこ》を灰皿におしつけて消し、にっこりして桐子さんが言ったとき、私もとても幸福な気持ちになっていた。お店の人たちがみんなでテーブルや椅子《いす》をずらし、杖《つえ》をついた桐子さんがゆっくり立ち上がれるようにしてくれたときにも。

　夜気は、来たときよりさらにひんやりと湿っていた。来たときの、緊張とか心細さははるか遠くに行ってしまっていた。私はプレイヤーのスイッチは入れずに、準備としてイヤフォンだけ両耳にさし込んで、もう一度きょうのお礼を言った。

　桐子さんをタクシーに乗せ、柊子さん夫婦が残った。遅くなったから送ると言われたのだけれど、私ははっきり断った。

「地下鉄で一本だし、駅までママが迎えにきてくれますから」

　と言って。それに、道中はステッペンウルフがついていてくれる。十時を大きくまわっていた（ママの小言が聞こえるようだ）。私はプレイヤーのスイッチを入れ、ならんで立っている二人に手をふって、駅に向かって歩きだした。

しばらく前まで全体が茶色でてっぺんだけ黒く、生《は》え際《ぎわ》にはちょっと白もまざっているというおぞましい状態だったママの髪は、ごく普通に手入れのされた、小ぎれいな状態に戻った。制服のように洗っては着続けていたピンクのジャージはお払い箱となり、新しく買ったらしい黒とグレイの二本のジャージを、いまは交互にはいている。料理にも張り合いがでるらしく、鰯《いわし》をすりつぶしてつみれ団子《だんご》にしてみたり、十種類もの野菜をミキサーにかけてスープにしたり、私にとってはなつかしい味の、でも手間がかかるので滅多に作ってもらえない、チキンクリームパイを焼いたりする。休みの日には、私のハンカチにまでアイロンをかけてくれる。「そのくらい自分でしなさい」とか言うこともせずに。

デートは週に一度で、外泊はまだない。電話は毎日かかってくる。私がでると、「お母さん、いらっしゃるかな」と、その男は言う。「まだ帰っていません」「ああそう、そうか、まだなんだね」「電話をいただいたことを伝えておきます」「いや、いいんだ。でも、そうだね、そうしてもらえると有難いな。うん、そうだね」

帰ってきたママに告げると、ママはそっけなく、「あ、そう」とこたえる。でも、うがいと手洗いがすむやいなや二階にあがり、電話に通話中のランプが灯る。

これまでのママの恋人のなかで、私がいちばん好きだったのはルーだ。でもルーは結婚していたし、ママもそれを知っていた。なにしろルーの奥さんは、ママが看護師として働いていた病院の、長期入院患者だったのだ。

ママとルーがつきあっていたのは、たった三カ月間だ。でもそのあいだ、毎日のようにママは私を連れてルーの家に行き、掃除だの料理だのしてあげていた。私たちは三人で、家族みたいにごはんを食べた。あしたの天気のこととか、芝を刈らない隣家の夫婦のこととか、次にスーパーマーケットに行ったら買わなくてはならないもののこととかを、静かに話し合いながら。ルーはママを名前以外の呼び方で呼ばなかったけれど、私のことはハニーとかプリティとか呼んだ。私はルーにそう呼ばれるのが全然いやではなかった。ルーはとても礼儀正しくて、彼のその呼び方には親密さではなくむしろ距離が、感じられたからだ。

思いだすのは野球場のことだ。野球に興味なんてないのに、その夏私とママは何度も野球観戦に行った。そこでビール売りをしているルーの、

「バッドワイザー、バッドライッ」

という、よく通りよく響く太い低い声を聞くためだけに。

「バッドワイザー、バッドライイッ」

そう叫びながら客席を練り歩くルーの姿も、グラウンドに背を向けて、笑顔で壜《びん》の中身を紙コップに移す手つきも、そのときに必ず階段にかけられる片足と、台として固定されるその膝《ひざ》の角度も、よく憶《おぼ》えている。

ルーは善良な人だった。ママにも私にもどこか遠慮がちな、おずおずした態度で接した。太っていて、ひとり暮しの男の人らしい乱雑な暮しぶりではあったけれども、着ているもの――Tシャツかランニングシャツ――はちゃんと洗濯されていた。お別れを言いなさいとママに促され、私がさようならと言うと、すでに赤く腫《は》らした目をさらにうるませた。

私は、ママの新しい恋人に奥さんがいなくてよかったと思う。ママが、料理や美容室や日常のこまごましたことを、楽しめるようになってよかったと思う。

駅前は広場になっていて、人も自転車も多く賑やかだ。私は果物屋に入り、亘くんへの差し入れというかお土産に、グレープフルーツを五個買った。西瓜《すいか》の方が喜ばれそうな気はしたが、日もちとか、保管場所の利便性とかを考えて、グレープフルーツに軍配を上げた（こういうとき、私は自分の考え方をママに似ていると思ってしまう。

現実的といえば聞こえはいいが、気配りおばさん的なのだ)。

私は信号を渡って駅までひきかえし、タクシー乗り場の列にならんだ。午後二時、お天気がよすぎて眠くなってしまう。東京から電車で一時間たらずなのに、とても遠い場所に来た気がした。遠い、誰の目も届かない場所に。夏休みを待ってすぐここに来たことを、亘くんはどう思うだろうか。

タクシーで走ると、すぐに海のそばにでた。まっ平らで群青色《ぐんじょういろ》の水面が、無数の光の粒で覆《おお》われている。海水浴場を通り過ぎて、埃《ほこり》っぽい国道をさらにまっすぐに進む。フロントガラスに目を凝らし、私は目印の現れるのを待った。ななめに生えたぐねぐねの松の木と、看板にうさぎの絵のついたうどん屋。

「ここでとめて下さい」

私は言い、料金を払ってタクシーをおりる。

「着いたよ」

亘くんの携帯にかけて言うと、すぐ近くにいることがわかっているせいでどきどきした。

「駅?」

「もううどん屋」

「着いたの？」

「そう言ったじゃん」

「わかる？」

「わかるよ。もう横断歩道渡ってる」

「了解」

やりとりはそれだけだったけど、亘くんの声はちょっと嬉《うれ》しそうだった。私は安堵《あんど》し、満足した。

亘くんはアロハシャツを着ていた。短パンにゴムぞうり。全然お洒落《しゃれ》じゃない。店のなかじゅうに、ラジオの音が響いている。

「慰問団の到着です」

私がはしゃいだ気分になって言うと、

「団はおかしいでしょ」

と、言われた。じゃあ慰問人？　慰問者？　考えていると、

「ああ、でもあした根岸さん来るって。聞いてる？　そのこと。夜、鰻《うなぎ》ごちそうしてくれるって。事務所の人たちも来るらしいから、そうしたら団だね」

と、亘くんが続けた。

「荷物でかいな」

苦笑してつぶやく。

「畳の部屋、一応片づけておいたから」

私は、はしゃいでいた気分がすこししぼむのを感じた。パパが来るとは思わなかった。そりゃあここはパパの借りている店だけれど、いつもちょっと馬鹿《ばか》にしたように、「夏の逗子はウインドの若者しか来ないからな」とか言っているのに。

足音がして、二階からお客さんがおりてきた。「ウインドの若者」二人組だ。シャワーを浴びてきたのだろう。髪が思いきり濡《ぬ》れている。

「あ、いまお茶だしますよ」

亘くんが言った。

サーフショップとはいっても、実質的にここは海の家みたいなものだ。シャワーも貸すし、ボードや荷物も預かる。修理も下取りもするし、おまけに服も売っている。隅にはテーブルがあり、お茶（無料サービス）がのめたりケーキ（有料）が食べられたりする。海の家のおじさん風のそういう仕事が、でも亘くんは気に入っているらしい。

「二階《うえ》にいるね」

私は言い、リキッド・ソープの匂《にお》いのぷんぷんする階段をあがった。

亘くんと私は、私がうんと小さかったころに何度か会っているらしい。でも私はそれを憶えてはいなくて、私にとっての初対面は二年前だ。事務所でパパに紹介された。私は日本に帰ったばかりで、いろんなことの勝手が違って、たとえば電車の切符一つ買うのももたもたしてしまい、自分にも他人にも風景にも苛立《いらだ》って、嫌な気持ちになっていたころだった。

「これがうちの美海」

亘くんに、パパはそう言って私を紹介した。

「憶えてる?」と問われて、「いや、あんまり」と無関心そうにこたえた亘くんを、私もまた無関心に眺めたのだった。

色の褪《あ》せた畳に足を投げだして坐《すわ》って、窓から弱々しく流れこんでくる、生温かい風を受けとめる。窓の外は、国道をはさんですぐ目の前が海だ。去年もおとといも、その砂浜で花火をした。身をのりだし、窓枠に肘《ひじ》をつくと、桟《さん》に砂埃のたまっているのがわかった。

亘くんがやってきたとき、私は仰向《あおむ》けに寝て目をつぶっていた。半分は眠っていて、きれぎれの夢（みたいなもの。ママがでてきた）も見ていたのだけれど、波の音や歓声、階段をのぼってくる亘くんの足音なんかもちゃんと聞こえて、ぼんやりと認識もしていた。

「いい天気だなあ」

亘くんの声と畳のきしむ音を聞いて、私はゆっくり身を起こした。まぶたが重い。

「散歩にでも行ってくればいいのに」

はいこれ、と言って、ラムネの壜を手渡された。

「ありがとう」

呟《つぶや》いて、一口のむ。

「エキゾティックな味」

ラムネは、私に中華街を思いださせる。眠かったので、もう一度横になった。

「いいなあ、俺も昼寝したい」

店閉めたら晩めし連れてくから、と、亘くんの言うのが聞こえた。ほかにも何か言っていたけれど、それはひどく気持ちのいい、曖昧《あいまい》な音楽みたいにしか聞こえなかった。ミルクのみ人形みたいだな、という、笑みを含んだ最後の言葉だけはちゃんと聞いたけれど。

夕方まで、そのまま寝た。海辺の散歩用に（もちろんデート用のつもりで）持ってきたワンピースに着替えて、砂浜まで行く。日がおちて、空が白桃の色になっていた。昼間より風が強い。私はぬるくなったラムネをのみながら歩いた。

「それが確かめたら出鱈目《でたらめ》で、実は茅ヶ崎にひそんでたんだって」

「うっそお」

すれ違った女の人二人の耳障《みみざわ》りな声。濡れた砂と打ち上げられた海草のかたまり。ラムネは、のんで口から離すとき、かぽんとまの抜けた音をだす。

ぶらぶら歩くのはひさしぶりだった。街では、私はいつも早足で歩く。誰にも話しかけられないようにイヤフォンをつけて。

店はちょうど忙しい時間だ。サーファーたちが帰ってくる。みんなガレージに濡れた足あとをつけて歩きまわる。ホースの水でボードやセイルを洗い、ワイヤーに吊《つる》したり壁にたてかけたりして乾かし、着替えてからも、カタログを見たりお茶をのんだり、騒々しく喋《しゃべ》ったりしてうろうろする。

私はわざとのんびり歩いて、嬉しい気持ちで店の様子を思い描いた。いいよ、みんなうろうろして。でもみんなが帰ったら、亘くんは私だけのものだからね。

「晩めし」の場所はアメリカン・ダイナーだった。ジュークボックスはただの飾りだったけれど、つやつやしたバーカウンターも、ビニールクロスのかけられたテーブルも、壁を埋めつくす白黒写真も照明の感じも、肉の焼ける温かな匂いも、滑稽《こっけい》なくらいにアメリカンだった。年をとったウェイトレスがいれば、もっと完璧《かんぺき》なんだけれど。

「乾杯」

亘くんはビール、私はウーロン茶で乾杯をした。窓際《まどぎわ》の席だったけれど、海も空も黒すぎて何も見えない。

「さっきの散歩で蚊にさされちゃった」

私は言い、鞄《かばん》から薬をだして腕とくるぶしに塗った。メンソールの匂いがする。私はすぐ蚊にさされるので、薬をつねに持ち歩いている。青いプラスティック容器に入った液体の薬だ。

「最近おもしろい映画観《み》た?」

亘くんは、映画の話さえすれば私の機嫌がいいと思っているのだ。

「観た」

と、でも私はこたえる。

「おもしろかったのは『ブロークン・フラワーズ』。ママと新宿で観たの」

そのあとママはデートがあって、私は一人で帰らなくてはならなかったのだけれど、そのことは言わなかった。

「おもしろくなかったのは？」

「DVDで観たやつ。アインシュタインがでてきて、メグ・ライアンが主演なんだけど、タイトルは忘れちゃった」

私たちはシーフードサラダと山のようなフライドポテト、それにナイフがないと絶対食べられない大きさのハンバーガーを食べた。食べながら映画のことやパパのことを話し、話しながら、私はいま自分たち二人が他の人たちの目にどう映っているか、想像してたのしんだ。亘くんの細い手首とダイバーズウォッチ、煙草《たばこ》をすう横顔。

「広尾のおばあさんの誕生会はどうだった？」

尋ねられたので話した。桐子さんが嬉しそうだったこと、柊子さんの夫もやってきたこと。二人は異様に仲がよさそうだったこと、三人ともじゃんじゃんお酒をのんだこと。料理もたくさん食べたこと、みんなやけに物識《ものし》りで、話題の幅が広かったこと。でもまじめな話題はながく続かず、必ず誰かが茶化して笑わせてしまうこと。三人の風貌《ふうぼう》や、話し方の特徴——桐子さんはおもしろい、柊子さんは落着いている、というか、ゆっくりしている、原さんはおもしろがっている——も、感じたとおりに説明した。

「じゃあ、たのしかったんだ」

片手だけで頬杖《ほおづえ》をつき、兄っぽい笑顔で亘くんは言う。

「よかったじゃん」

私はうなずいて、認めた。認めたけれど、何かがずれた気がした。

「デザートは？」

尋ねられ、いらないとこたえると、亘くんは伝票を持って立ち上がった。

空気は澄んで、涼しかった。波の音が、夜の方が大きくなるのはどうしてだろう。街灯の光に羽虫が群がっている。

「ねえ」

駐車場で、前を歩く亘くんに私は言った。ふり向いた亘くんが不思議そうな顔をしたのは、声がちょっと大きすぎたからかもしれない。

「なに？」

今夜キスをしようと決めていた。近づいて、ほんのすこし唇を合わせるだけ。もちろん一瞬で、すぐに離す。ちょっとしたいたずら。えへへ。それから子供ぶってそんな風に笑えばいい。小学生のころ、男の子たちにそんなキスは何度もした。

「どうした？」

近づいて、ほんのすこし唇を合わせるだけ、のことが、どうしてもできない。

「もう一度ママに電話した方がいいかな」

私は言った。夕方、すでにママには電話していた。亘くんもでて、これからめしに行きますと報告してくれた。

「当然」

ポケットから車のキーをだし、亘くんはこたえる。私には、亘くんが力を抜いたのがわかった。危機が去って、ほっとしたのが。

「寝る前にもう一度かけるべきだろうな」

キスをした。あいた車のドアごしに、すばやく。自然に体が動いたのだ。ほっとされて、くやしくなった途端に。

「えへへ」

声は夜気のなかに本心からこぼれ、私は大にこにこしてしまった。

亘くんの目に驚きが浮かんだのは、気のせいだったかと思うくらい一瞬のことで、ほんとうに、もしかしたら気のせいだったかもしれない。

「だあめ」

犬でも叱《しか》るみたいにそう言って、私を厳しくにらんだ。呆《あき》れているしるし（たぶん）に、腕組みもした。

私は構わず助手席側にまわり、堂々と車に乗り込んだ。

「早く乗ってドアを閉めて。蚊が入ってきちゃう」

私が言うと、亘くんはわざとゆっくり乗り込んで、わざとゆっくりシートベルトを装着した。でも、その一分後には普通に道を走っていたし、三分後には、

「もし何か買うものがあればコンビニに寄るよ」

と、普通に言った。

「ない」

こたえて、私はまっ暗な道を見ていた。いまになってどきどきしてきた、と思いながら。

「そりゃあそうだろうな。あれだけ大きい荷物なんだから」

返事もできないほどどきどきしていた。ふざけたことをして嫌われたかもしれない。そう考えるとこわくてたまらなくなった。いまさら考えても遅いけれど。

しゅるしゅると擦《こす》れるような音と共に窓があいて、風と、海の匂いがいっぺんに流

れ込んだ。私はボタンに触っていないので、亘くんがあけてくれたのだ。

「ノー」

私はきっぱりと言った。

「髪がくしゃくしゃになるし、風の音がうるさいわ」

ボタンに触れ、窓を閉める。見ると、亘くんはにやにやしていた。

「何？　おもしろいことでもあった？」

「あった」

即答だった。私は大げさに憤慨の鼻息を吐く。

「意地悪すると、またキスするから」

亘くんは表情ひとつ変えずに、

「どうぞ」

と、語尾を上げて言った。

私はうきうきした。亘くんの運転は、たとえばパパのそれよりもラフで、ママのそれよりも安定していて恰好《かっこう》いい。このまま店に着かなければいいのに、と思った途端に着く。

「涼子さんに電話するのを忘れないように」

車をおり、ばたんと大きな音をたててドアを閉め、亘くんはそう言うのを忘れなかった。

「はあい」

私も忘れないだろう。男の人の髭《ひげ》があんなに硬いものだとは思わなかった。一瞬だったけど、それがたしかに私の唇の上の皮膚にぶつかった。ざし。違うな。ざわ。そう、たぶんそんな感じで。

Ⅲ

バスタブの栓の、鎖が切れた。朝起きて入浴し、お湯を落とそうとしていつものように軽く鎖をひいたところ、たいした手応《てごた》えもなくぷつりと切れてしまった。

栓自体は無事なので問題はない。そう思ったが、どこにもつながっていない鎖が二本——一本は栓から、もう一本はバスタブの内側の金具から——無意味にぶらさがっているのが物悲しかった。それではずそうとした。鎖を。

栓についている方はすぐにはずれた。でも金具の方は、どうしてもはずれてくれなかった。接続部分の金属が太く、頑丈にできていて開かないのだ。ペンチを持ちだしてきて試したが、渾身《こんしん》の力を込めても金属は歪《ゆが》みさえしない。

やけにあかるい。疾《とう》にお湯が落ちて空になったバスタブは、窓から容赦なく差し込む七月の日ざしに、まぶしいほど白く見えた。

私はため息をつく。力を込めすぎて息がきれていた。腕が怠《だる》い。濡《ぬ》れた髪が額にはりつき、首すじや腋《わき》は汗ばんでいた。

「なにしてるの」

あきらめかけたとき、夫の声がした。

「おはよう」

ふり向いて、私は自分がたちまち笑顔になったことに気づく。起きたばかりの夫は黒い豊かな髪を乱し、Tシャツとブリーフだけを身につけて立っていた。眠そうに、まぶしそうに。

「鎖が切れちゃったの。じゃまだからはずそうと思って」

説明したが、夫は聞いていないようだった。

「印象派の絵画みたいだな」

にっこりしてそう言った。

「ほら、あるだろう、水浴びする裸婦とか、日ざしのなかの裸婦とか、そんなやつが」

自分が裸であることを、私は突然きまり悪く感じた。

「いいねえ」

茶化すように夫は言い、バスタブをまたぎ越すと、うしろから私に腕をまわして、身体《からだ》をぴったり密着させた。

「やめて」

私の声は小さく甘く聞こえた。笑っているみたいに。夫が、鼻を私の首すじにこすりつけた。犬みたいに、しつこく。

「やめて」

もう一度言ったが、同時に喉《のど》の奥から笑い声ももれた。

「くすぐったいわ」

夫はますます腕に力をこめる。ポンプみたいに二の腕がふくらみ、私は血圧を計る道具でも巻きつけられたみたいな圧迫を感じる。夫の髪が頬に触れた。汗ばんでいたのは私なのに、夫の体温の高さにたじろいだ。自分の皮膚のつめたさに気づく。私の腕にはとり肌まで立っていた。寒いのか暑いのかわからなくて混乱する。

「あついわ」

でもそう言った。夫の皮膚は、たしかに驚くほど熱かったから。生命の熱さだと私は思った。寝起きなのに、この人の身体はすでに生命に満ちているのだ。私の夫ほど活動的な男を、私はほかに知らない。

首をねじってキスをした。腕が、ようやくほどける。私たちは互いに相手の頭を抱えるようにして、空のバスタブのなかで深々と唇を合わせた。ながい、なつかしいキスになった。一晩分の眠りを隔てて、再会を祝うみたいな。

離れたとき、私の手はまだペンチを握りしめたままだった。緑色のテープの巻かれた武骨な工具。

「はずれないの？」

改めて問われ、私がうなずくと、夫は首をすくめた。こういうことは得手ではないのだ。

「いいのよ、放っときましょう」

私は言い、バスローブを羽織る。

私たちはどちらも朝が遅い。九時か十時に起きて、昼までに出勤する。そんな感じだ。もっとも、私の出勤はしばしばそれよりもさらに遅い時間になる。家事というのも、たまにはしなくてはならないからだ。

「二時から会議があるんだ」

た　く　ら　が

シャワーを浴び終えた夫は、小ざっぱりした顔で、あたたかいご飯につめたい麦茶をかけたお茶漬けを食べながら言った。夫はそういう食べものが好きだ。

「制作会議ね」

私は言った。

「実りのある会議になるといいわね」

夫は眉《まゆ》を上げる。

「なるわけないさ」

そしてひとしきり説明してくれる。鶴見《つるみ》くんのことを。夫のチームの若い社員で、「気が弱いっていうか、物を知らないっていうか」な男の子だ。私はその子に会ったことはないが、話はたくさん聞いている。

「でも、彼だって物は考えるわけだし、何かは学んでいるわけでしょう？」

夫はにやりとし、

「そうかもな」

と、認めた。

「つまらんことを考えて、つまらんことを学んでるんだろうよ」

それから玉子焼をつまんで一切れ口に入れ、うまいな、と言った。うまいな、ふわふわだ、と。

「七時から板塀《いたべい》」

夫は続ける。板塀というのは、ある種の人々を接待するときに、夫がよく利用する料亭だ。私も行ったことがあり、名前は無論別にあるのだが、立派な黒板塀に囲まれていたこと以外、思いだせない。

「そのあとはわからないけど、終ったら電話をするよ。柊子《しゅうこ》がもしまだ外にいるようなら、一杯のもう」

すてき、と私はこたえた。

「でも、もしもう家に帰ってたら？」

夫は不思議そうに私を見る。

「またでてくればいいだろう？」

そうなのだ。思いだし、幸福な気持ちになった。私はこのひとの、こういうところが好きなのだった。

母は私をだんなべったりだと言う。そのとおりだと私も思う。原武男《はらたけお》べったりの人生で、何が悪いだろう。

夫と出会う前にも、ひとを好きになったことはあった。恋人のいる状態は、いない状態よりずっと愉《たの》しかった。その都度心から愛したし、いまもたぶん愛している。私は思うのだけれど、もしほんとうに、恋愛関係以外のものを望まずにいられるのなら、恋人をつくるのは簡単なことだ。私の時間と私の肉体、嘘《うそ》いつわりのない言葉、そして好意と敬意。私に与えられるのはそれだけだけれど、その五つを与えられて、満足しない男性はいない。

夫を好きになったときにも、だから私はその五つを与え、夫からもおなじものを与えられた。たった五つのもの！　それだけで十分なはずの、そのたった五つのものでは、でも私たちにはたりなかったのだ。気が狂っていたのだろう。私たちは果てしなく貪欲《どんよく》になった。昼も夜も身体を重ね、昼も夜も言葉を重ね、一緒に暮してもまだ飽きたらず、束縛を望み所有を望み、嫉妬《しっと》を望み口論を望んだ。なにもかも欲しかったのだ。私は彼の存在を望み、不在による空虚さをも望んだ。彼だけが私に与えられる甘美さを望むのとおなじくらいに、彼だけが私に与えられる苦痛をも望んだ。

そうやって、私たちは結婚したのだった。すべてを与えあい、与えられたすべてを味わうために。

入籍した日のことはよく憶《おぼ》えている。夏で、私が車で彼を会社まで迎えに行った。

その日に入籍しようと決めたのは彼だ。私たちは「籍」さえも望んだのだ。いずれ離婚も望むかもしれない。無論再婚も、再離婚も。

「これは保身ではないわね？」

役所で、臆病風《おくびょうかぜ》に吹かれて私は彼にそう確認した。

「まさか」

彼は微笑《ほほえ》み、自信にみちた様子でこたえた。私は心から安堵《あんど》した。

書類にそれぞれ名前をかいて、判を押した。役所に居合わせた知らない人に、証人の欄を埋めてもらった。証人という言葉の意味を真摯《しんし》に受けとめるなら、それが唯一《ゆいいつ》の正しい方法に思えたのだ。

私はフィギュアスケートの選手になり、氷上でくるくるまわっている。

仕事場についたのは、一時近くだった。日盛りで、まるで風が吹いておらず、樹々《きぎ》の緑さえ息苦しそうに見えた。セミがけたたましく鳴いている。地下駐車場で車を降り、エレベーターに乗った。一階で郵便物を取りだし、またエレベーターに乗る。

私は仕事場を母に借りている。母はこのマンションの住人でもあり家主でもある。父は、亡《な》くなったとき、かなりの額の動産および不動産を母に遺《のこ》したのだったが、それでもなお——というよりおそらくはそのせいで——、母はそれまで住んでいた根津《ねづ》の家を手放さなければならなかった。

「ちっとも構いませんよ」

母は言ったものだ。

「本さえ全部持っていかれるなら、住むとこなんてどこだって結構」

老人が一軒家に一人で住むよりは、マンションの方が安全だし便利もいいはずだ、と、私も自分に言いきかせた。しかしいま、部屋とまるで寸法の合わない家具に囲まれ、世間話のできる御用ききの一人も来ない場所で、杖《つえ》と本を頼りに暮している母を見ていると、ときどきひどく淋《さび》しくなる。もともと社交的な質《たち》ではなかったし、父のいなくなったいま、訪ねてくる人もいない。

部屋に入るとエアコンのスイッチを入れ、コンピューターを起動させた。本だらけの仕事場は、一歩入るだけで落着く。クリーム色の地にブルーのストライプの入ったカーテンは、根津の家で、娘時代に私の使っていたものだ。郵便物の仕分けをし、コーヒーをいれた。

来年、幾つかの美術館で開催される予定の、現代美術の展覧会用の図録を、いま私は訳している。館長の挨拶《あいさつ》に始まり、評論家の解説や作家たちのプロフィール、さらには生前の作家と親交の深かった人々によるメモワールまでが、そこには収録されている。彼は奇矯《ききょう》でした、彼の突飛なふるまいは、しばしば周囲の人々を仰天させたものです。彼女の繊細さは驚くべきもので、もしも彼女の愛用の膝掛《ひざか》けに蠅《はえ》が一匹とまっていたとしたら、目をつぶっていても重さでそれがわかったでしょう。彼はよく黙り込みました。不機嫌になり、冬でも窓をあけたがりました。そのせいで他の人間が寒い思いをしようと風邪をひこうと、おかまいなしだったのです。彼女は陽気でした。彼女のそばにいると、私たちもまた陽気になり、庭に咲く花や、夜中の物音や、一杯のスープや、彼女の愛犬のおどけた仕草を楽しんだものでした。彼は強い酒を好みました。たいていはジンでしたが、ジンがなければウォッカで代用していました。彼女は気鬱《きうつ》にとらえられ……。

私は考えてしまう。彼らはどこに行ったんだろう。違う。彼らがどうなったのかはわかっている。図録にはプロフィールもついているのだ。死んだ。あるいはまだ生きていて、ロンドンだのブリュッセルだの、フロリダだのに住んでいる。でも、この洪水のような描写の、その瞬間はどこに行ったのだろう。気鬱にとらえられたり冬でも窓をあけたり、愛犬のおどけた仕草を楽しんだりした彼ら彼女らの、その無数の瞬間は——。

何度か電話がかかり、一度宅配便が届き、その度に中断しながら私は夕方まで仕事をした。六時。おもてはまだあかるい。

私は母に電話をかけて、夕食を一緒にしようと誘った。母は「おいしいお肉」が食べたいと言う。それで買物に行った。明治屋もナショナルも、車でほんの五分の距離だ。

夫が自宅で夕食を摂《と》れることはすくない。週に一度、あるかないかだ。その週に一度も、私たちは外食に充《あ》てることが多い。「まただんなとデート？ よく飽きないわね」母にはいつもそう言われている。私自身が仕事で――あるいは個人的な社交で――外食するのも週に一度か二度、残りはここで、母と食事をしている。母の夕食は、家政婦の吉田さんが毎日準備してくれる。でも、母は彼女の料理があまり好きではない。

夕方の街は、人で混雑していた。街路樹には青い電飾が巻かれ、夏の夕暮れにきらきら瞬《またた》いている。買物客、勤め帰りの人々、学生たち。すぐそばに地下鉄の駅があり、商店街もあるのでこのあたりは人の往《ゆ》き来《き》が絶えない。

制服姿の女の子たちを見て、ミミを思いだした。彼女の学校も、すぐ近くにあるのだ。

マーケットのなかはあかるく、音楽がかかっていた。小さめのステーキ肉と野菜、それにパンを買った。

七時に板塀。夫はそう言っていた。食事の終るのがおそらく十時、場所を移してお酒をのんで、十二時前には解放されるのだろう。私は腕時計を見る。あと五時間。五時間後には夫に会える。

「これ、読んだ？」

入ってきた母は、手に文芸誌を持っていた。

「この座談会。あきれちゃうわね。インテリぶってもお里が知れようってもんじゃないの」

とくに馬鹿《ばか》な箇所に赤線ひっぱっといたから、と、母は言う。あなたもあとで読んでちゃんとあきれなさい、という意味だ。

「いい匂《にお》いね」

大蒜《にんにく》のスープをつくっているところだと、私は言った。冷蔵庫からビールをだして、グラスを二つ満たす。どっちみち、きょうは車をおいていくつもりだった。母はそれを、今夜はたくさんのめるという合図にとったようだ。

「卵の黄身をお味噌《みそ》につけたやつ、いまつくってある？」

私はあるとこたえて、また冷蔵庫をあける。

「じゃあ焼酎《しょうちゅう》をちょっとだけいただこうかしら。あれには焼酎が合うから」

「吉田さんのごはん何だったの？」

私は訊《き》いた。

「持ってきて、すこしつままなくちゃ悪いでしょう？」

母は口を一文字に結び、詰問《きつもん》されて困っている老人のふりをした。それからふいに、何かを期待する顔つきになって私を見た。

「あなたはいつも遅くまで仕事をしているんだから、お夜食にしたら？」

私は何も言わなかったが、冗談じゃないという顔をしたのだろう。母は奇妙な鼻息を吐いてから、決然と、

「あした、お昼にあたしがいただきます」

と、言った。

卵黄の味噌漬けをつまみに、ビールと焼酎をのんだ。サラダを食べ、スープはとばしてステーキを食べた。スープをのんだらお肉がいただけなくなる、と母が言ったからだ。スープは、あした、お昼に私が「いただく」ことになった。

食器を洗っていると、母の声がした。

「あら、本届いたの？」

昼間宅配便で届いた箱は、未開封のまま机の横に置いてある。机の横の、床の上に。注文した洋書のなかに、母に頼まれた本が数冊含まれていたことを、私は思いだした。

「そう、きょう届いたの。いまあけるわ」

タオルをつかみ、足早に机のそばに行った。母は待たされることが嫌いだ。

それは絵本だった。三冊あり、どれもおなじ作者の手になるものだ。ピーター・スピア。その絵本作家の名を、母はミミに教わった。

「こういう本を知ってる？」

そう言って、母が紙切れをさしだしたのは先月のことだった。青いボールペンで、活字体なのにところどころつながった、いかにも学生らしいきちんとした文字で、書名と作家名が記されていた。

「今朝ミミちゃんが来てね、書いてくれたの。アメリカじゃ有名な作家なんですってよ。あなた、知ってる？」

知らなかったが、コンピューターで検索するとすぐにでてきた。その操作を、母は興味深げに見守っていた。

「欲しいの？」

尋ねると考え込む顔になり、

「そうねえ、べつに欲しくはないんだけれど、でもちょっと見たいわね」

と、こたえた。

「じゃあ注文しておくわ。ほかにも取り寄せようと思ってたものがあるから、それといっしょに」

私が言うと、母はうなずいた。そして、

「それからね、今度のあたしの誕生日にね、ミミちゃんも招《よ》びましたよ」

と、言って私を驚かせたのだった。

母はいま、絵本を食卓にひろげている。英語は読めないが、一頁《ページ》ずつ検分するようにめくって、ときどきため息とも鼻息ともつかないものをもらす。私は洗い物に戻った。

「おもしろい？」

母の方は見ずに訊いた。ややあって、

「そうねえ」

という、曖昧《あいまい》な声が返った。

「よくわからないわねえ」

ぱたん、と本をとじる音がして、ふり向くと、母と目が合った。困ったような顔をしていた。困ったような、お手上げだというような。

「幼児向けだわ」

そして、そう言った。


夫からの電話は、思ったより早くかかってきた。母はすでに帰っており、私は仕事の続きにとりかかったところだった。

「やあ」

いつものように、夫は言った。

「早かったのね」

「うん。ゆっくりのみたい相手でもなかったしね」

夫の声は低く、落着いていて、甘い。私は電話を耳にあてたまま、あちこちに積み上げてある本や、ポニーテイルという名の鉢植えの植物や、額に入れて壁に立てかけてあるポスターを見ている。それらは実体を失う。そこにあるのにないもののように思える。夫の声だけが唯一の現実になる。電話の向う側だけが。

「会えるの？」

私は尋ねた。知っていても、その言葉を聞きたかったのだ。

「もちろん。そのために電話している」

じんわりと嬉《うれ》しくなり、私は微笑《ほほえ》む。

「早く会いたいよ」

夫は言った。

「早く柊子に会いたい」

アルコールが入っているせいか、夫は陽気だった。おなじ言葉を重ね、しまいには、どう言えばでてきてくれるのかな、などと言った。そして、私たちがときどきでかけるバーの名を口にした。そこからならタクシーですぐだろう？　俺もいまタクシーで向かってるところだから。待ってるよ。気をつけて。

仕度というほどの仕度もなかったが、うしろでまとめていた髪をおろした。ふわりとひろがるように、頭を振って指で整えた。鏡を見て、口紅をひいた。

雑居ビルの二階の、重い扉を押してあけると、いきなり音楽がこぼれでてくる。店内は暗いが、カウンター席に坐《すわ》っている夫が、探すまでもなく見えた。いつもそうなのだ。他の客は、私の目に入らない。いた！　それは嬉しさというよりも安堵だ。自宅以外の場所で夫を見ると、その都度《つど》強烈な安堵に襲われて、いまにも頽《くずお》れそうになる。日なたのクリーム菓子よろしく、私は相好《そうごう》を崩した。

黒々とした髪、厚みのある肩、シルバーグレイのシャツ。夫に向かって足を踏みだした途端に気づいた。藤田さんだ。

「こんばんは」

私は夫の隣にいる、背の高い若い女に微笑んで言った。夫の右腕が私の腰を抱く。藤田さんは、Tシャツにジーパンという服装だった。料亭での接待帰りにしては軽装すぎる気もしたが、テレビ局のディレクターという職業ならば、外見は自由裁量に任されているのかもしれない。

「この人にはいつものね」

夫がバーテンに言った。いつもの、とはアマレットのロックだ。

「おひさしぶりです」

のみものが揃《そろ》うと、藤田さんが私にグラスを掲げて言った。私もおなじようにして、二人でグラスを軽くあわせる。夫をあいだにはさんで。

藤田さんは魅力的なひとだ。よく喋《しゃべ》り、よく笑う。まばらで短いまつ毛がマスカラで強調されており、やや大きすぎる口も、元気のいい印象を与える。すんなりしたなめらかな腕は、手首から肘《ひじ》までまったくおなじ細さだ。その腕が夫の首に巻きつくさまを、つい想像してしまう。

「きょうは仕事、はかどった？」

夫に訊かれ、私は肯定の返事をした。奇矯で突飛だった彼、驚くべき繊細さを備えていた彼女——。

「いまはどんなお仕事をされてるんですか？」

説明すると、藤田さんは目を輝かせた。

「現代美術？　おもしろそう。たとえばどのへんの人たちですか？　オキーフとか？　エステスとか？」

「エステスは正解」

私はこたえた。

「ほかにはクリスチャン・ボルタンスキーとか、ローゼンクイストとかね」

藤田さんは夫の秘蔵っ子だ。美術番組をつくる班にいるからといって、誰もが彼女ほど勉強家なわけではないし、彼女ほど広汎《こうはん》な知識を身につけているわけでもない。

私たちが、絵画や写真、ガラスケースにネオンサインを閉じ込めたオブジェなどについて話し合うのを、夫はときどき茶々を入れながら、たのしそうに聞いていた。

「ひゃああ、行かれたんですか？　九二年にドイツに？　いいなあ、いいなあ」

ジェフ・クーンズというアメリカ人アーティストが製作した、植物を使った巨大な彫刻の話をすると、藤田さんはすっかり興奮してしまい、腰掛けたまま上体をのけぞらせた。細い両腕で、カウンターの端をしっかりとつかんで。その彫刻は、花が萎《しお》れると徐々に崩壊し、現在は取り壊されて存在しない。この世のどこにも。

「見たかったたな。くやしいー」

全身で感情を表現するところが可笑《おか》しくて、私はつい微笑んだ。天井を仰ぐ藤田さんの、白くしなやかな喉《のど》。

「きみら二人は気が合うんだな」

夫も小さく笑い、そんなふうに言った。

「さっきまで、藤田は機嫌が悪かったのにな。午後の会議からずっと」

そして、二人は仕事の話を始める。「板塀《いたべい》」での会食について、そのときの誰かの発言や、べつの誰かの立場について。

私はバーテンの視線をとらえ、二杯目のアマレットを注文した。セルジオ・メンデスがかかっている。夜明けまで音楽がかかり続けるこのバーに、夫と私が来るようになって九年が経《た》つ。どうして憶《おぼ》えているのかといえば、はじめて来たときにはまだ独身同士だったからだ。とても遠いことに思える。夫のものではなかったころの私と、私のものではなかったころの夫。私が彼に、彼が私に、しるしをつけたくて仕方がなかったころ。

「早く会いたいよ。早く柊子に会いたい」

ふいに、電話口で夫が口にした言葉を思いだした。タクシーのなかだと言っていた。隣には、もちろん藤田さんが乗っていただろう。夫は、いま私にしているように、彼女の腿《もも》に手のひらをのせていたかもしれない。夫の右手は私の左腿の上にあり、スカートの薄い布ごしに、彼の体温を伝えて寄越す。夫は、誰からも見えないことを知っていて、合図みたいに指をとんとんと動かしたり、手のひらをそっと内側にすべらせたりする。早く会いたいよ。早く柊子に会いたい。あれは、では、一体どっちに聞かせるための言葉だったのだろうか。考えてもわかりようのないことを、私はいつも考えてしまうのだ。

左腿が急に軽くなった。あてがわれていた体温を奪われ、すうすうする。見ると、夫がおもしろがるような表情で私を見ていた。私たちは素早く唇を合わせる。藤田さんはトイレに立っていた。

帰りのタクシーのなかでも、私たちはずっと手をつなぎ合っていた。手をつないだまま、夫は目をとじて眠っている。不規則な寝息が途切れると、ほんの束《つか》の間《ま》目をさまし、でもとじた目はあけないまま、私の手をきつく握り直す。あるいは、組み合わさった指をとんとんと動かす。確かめるみたいに。そして、すぐにまた眠ってしまう。満足し、何の憂《うれ》いもなさそうに。

突然、私は理解する。ああ、そうだったのだ。このひとは今夜、私に迎えに来てほしかったのだ。私たちの外側の世界から、連れ戻してほしかったのだ。

仕事をしていると、母から電話がかかった。電球が切れたので替えに来てほしいと言う。切れたのは廊下に三つある「レフランプ」の一つで、「レフランプ」というものは、「始終切れてばかりいる」らしい。

「いま？」

午後四時だった。きょうは仕事場に来たのが遅かったので、ようやく集中しかけたところだった。

「おもてはまだ真昼みたいにあかるいわよ」

それに、三つある電球のうちの一つならば、切れていてもそう不自由ではないはずだ。

「わかってますよ。目はまだちゃんと見えるんだから」

電球が切れていると憂鬱《ゆううつ》なのだと母は言った。ひどく「いやあな」気がするのだと。

私はときどき、生前の父に尊敬の念を抱く。母に対する、父の底知れぬ忍耐に。

電球を替えると、母は手をたたいて喜んだ。

「あかるくなった」

嬉しそうに言う。

「おやすい御用よ」

仕方なく私はこたえた。脚立《きやたつ》を和室の物入れにしまう。和室は、母が読書室として使っている部屋だ。小さな文机《ふづくえ》と座椅子《ざいす》、赤い鹿子《かのこ》柄の座布団《ざぶとん》。

「あなたのうちでは、あれ？　電球なんかはみんな原さんが替えてくれるの？」

尋ねられ、まさか、とこたえた。

「そのくらい、自分でするわ」

「そうなの？」

母は言い、しかめっつらをした。

「原さんて、案外つめたいのね」

どうしてだかわからない。一瞬にして、私は頭に血がのぼるのを感じた。

「大きなお世話よ」

嚙《か》みつくような、声がでてしまった。母は目を見ひらき、びっくりして黙る。

「わかったようなことを言わないで」

私は言ったが、今度は力ない声になった。半ば独り言のような呟《つぶや》きに聞こえた。母に悪気がないことはわかっていた。

「おおこわい」

母は言い、首をすくめる。

仕事場に戻っても、机に向かう気になれなかった。コーヒーをいれ直し、郵便物の仕分けをした。驚いたことに手が震えていて、さらに驚いたことに涙まで滲《にじ》んだ。

「ばかだな」

夫なら言うだろう。

「いい歳《とし》をして母娘《おやこ》げんかとは」

からかうような夫の声を想像し、私は涙をおしとどめる。それは滑稽《こっけい》なほど偉力を発揮する。ゆっくり四度呼吸するあいだに、私は冷静さを取り戻し、のみならず微笑みさえ浮かべる。膝《ひざ》に乗せられ、なぐさめるように背中をたたかれ、そっと揺すられた子供みたいに。

夫には、藤田さん以外にも愛人がいる。私には愛人はいないが、夫以外の男性と寝ることはある。母に、そんな私たちの関係が理解できるはずがないのだ。

結局、私は母に電話をかけて、声を荒らげたことを詫《わ》びた。母は気にしていないと言った。ダンナのことになると、あなたが感情過多になるのにはもう慣れっこだから、と。

「それよりデパートに行きたいのよ」

ここぞとばかり、母は続けた。

「幾つか、だしてないところからお中元をいただいちゃってね。知らん顔ってわけにもいかないでしょう？」

それに夏用のシーツも新しくしたいのだ、と母は言った。私たちは、来週一緒に買物に行く約束をした。

憶えているのは天ぷら屋のことだ。その店は六本木にあって、天ぷらの衣がとてもうすく、いまのように塩が流行《はや》る前から塩で食べさせてくれたので、夫と私の気に入りの店だった。白木のカウンターがとても清潔なことも好もしかった。会社を抜けてきた夫と、よくそこで待ち合わせたものだ（夫は、ラミネート加工されたへんな社員証を、首からぶらさげたまま現れることが多かった）。小柄で物静かなその店の板長《いたちよう》は、私たちの顔を憶えていてくれて、行くと、控え目ながらゆきとどいたもてなしをしてくれた。夫には、料理人に気に入られる才能があるのだ。

それはともかく、その店には若い巨漢の板前がいた。ほんとうに巨漢で、相撲の力士といっても通りそうだった。糊《のり》のきいた白い作業着の上からでも、彼の肉体に弛《たる》みのないことはわかった。張りつめたお腹《なか》が、前掛けの上にきっちりとのっかっていた。冬でも半袖《はんそで》の作業着を着ていて、みっしりと肉のついた、ソーセージのように太い腕と、ひきしまった手首、水仕事で赤くなった清潔そうな手指が見えて、私はしばしば見惚《みと》れたものだ。

「柊子は、ああいう体が好きなんだね」

おもしろがるような口調で、夫はよくそんなことを言った。

「目を奪われてるじゃないか」

「そうね」

私は正直に認めた。

「とても美しいと思うわ」

その彼が店を辞めたと知ったとき、私も夫も残念がった。真面目《まじめ》な、いい職人さんだったのに、と言い合った。

「びっくりさせることがあるんだ」

夫にそう告げられたのは、それから半年近く経ってからだった。彼の働いている店がわかったと言う。だから今夜そこで食事をしよう、と。

それはやはり天ぷら屋だった。以前の店よりも小さく、店構えも庶民的だったが味はよかった。彼は父親の店を継いだのだった。私たちの顔も名前も憶えていて、以前の店では見せたことのない類《たぐい》の、率直であかるい笑顔を見せてくれた。

「乾杯しよう。大将ものんでよ」

夫は上機嫌だった。彼は恐縮したように両手でコップを捧《ささ》げ持ち、夫のついだビールをのんだ。私はこのときまで気づかなかったのだが、彼は眼鏡をかけていた。大将と呼ばれるにはあまりにも若く、両頰ににきびがたくさん散っていた。

店を閉めたら近くの店で一杯おごらせてほしい、という夫の申し出に、彼は隣にいた父親をふり返って見た。父親が、仏頂面《ぶっちょうづら》のまま、行ってこいと言うように手を振ると、彼は子供じみた笑顔になって、低く太い声で「うぃっす」とか、「おいっす」とか、言った。

「ああ、食った」

店をでると、夫は言った。

「俺は仕事に戻るから、彼と一杯のんでおいで」

やさしい顔をしていた。私がただ首を横にふったのは、恐《こわ》くて声もでなかったからだ。いま思うと、なぜあんなに怯《おび》えたのかわからない。お酒を一杯のむだけのことなのに。夫に捨てられるような気がした。

「いやよ」

それでそう言った。夫の腕をとり、しがみつくようにして、路地を歩いた。

「おいおい、ばかだな。柊子のために誘ったんだぞ。行っておいで」

はいていた靴の、細い踵《かかと》がぐらぐらした。

「俺の柊子だろう?」

この世の何よりも私の好きな言葉を、夫は言った。

「毅然《きぜん》として、美しい、俺の柊子だろう?」

夫は私の肩に腕をまわした。その腕に力をこめる。励ますみたいに、ぎゅっと。

「だったら行って、それを証明しておいで」

罰だ、と私は思った。これは罰だ。私があの若い板前の、体を美しいと思ったからいけなかったのだ。

約束の店に、約束の時間に彼は現れた。オレンジ色のTシャツを着て、ジーパンをはき、金色の腕時計をつけていた。私が一人だったので、びっくりしたようだった。こんな時間に呼びだしがあるなんて、御主人のお仕事は大変なんですね、と言った。

私たちには、どちらも話すことがなかった。私が美しいと思った彼の腕もお腹も、すぐそばにあった。でも、私が感じたのは恐怖だけだった。それは現実に存在する肉体だった。夫以外の男の、腕でありお腹だった。

お酒を二杯のんで、私たちは別れた。彼は困惑していて、でも礼儀正しく、おそらく好青年だった。目の前の女が恐怖にすくみあがっている理由など、彼には想像もできなかっただろう。

私は夫に会いたくて、気も狂わんばかりだった。夫以外の男性に目を奪われた自分に恥入っていた。罰を受け、みじめで、罪のない彼にも申し訳なくて、打ちのめされていた。

「おかえり」

夫がすでに家にいるのを見ても、私は驚かなかった。

「早かったね」

コーヒーの香りがしていた。テーブルや、椅子や、壁や窓やカーテンや、家のなかの何もかもがなつかしく、私は、どこか遠い場所から帰ってきたような気がした。そう告げると夫は笑って、もう一度、

「おかえり」

と言ってくれた。

「でも寝なかったんだね」

私はうなずいたのだったと思う。いまではもうはっきり思いだせない。これらはみな、何年も前に起きたことだ。

「それじゃあどこにも行ってないようなもんだな」

夫は言った。

「今度はもっと遠くに行っておいで。遠くに行けば行くほど、ほんとうのことがわかるはずなんだから」

もうわかっている、と、反論することは無意味だっただろう。もうわかっている、私はあなたのものよ。そんなことはどちらも確信しているのだ。だからこそ新しくわかり続ける必要があるのだ。それが私たちの望んだことだ。度を失い続けること、渇

望し続けること、独特の者同士として溶け合うこと。

「ほんとうに」

寝室に移動し、ベッドにとびのって私は言った。恐怖は高揚に、不安は安堵《あんど》に、みじめさは誇らしさにとってかわられていた。

「ほんとうに、これは保身ではなかったわね」

八月。母と私はデパートに来ている。買物は、ひさしぶりだったこともあって楽しかった。予定通り進物を選び、シーツを選んだ。化粧品売り場で母は五本の口紅を試し、結局いつもとおなじ、レンガ色の一本を買った。室内履きを新調し、ブラウスを一枚選んだ。

デパートでは車椅子を借りることができるのだが、母はそれを好まない。杖《つえ》を手に、ゆっくりゆっくりフロアをまわるのだ。「素材は何？」「どこ製なの？」「この紐《ひも》は何のためについているの？」店員をつかまえては質問する。合間に感想も伝える。「上等ね」とか、「すぐ壊れそうだわね」とか。

私は母のエネルギーに感心する。私一人では、デパートに四時間もいることはとてもできないだろう。もっとも、そのあいだに二度喫茶店に入って休憩をした。母はそこで、煙草《たばこ》を喫《す》う必要があった。

「柊子は何も買わないの？」

二度目の喫茶店で、母はコーヒーを注文した。一度目に入ったときアイスティを注文し、それが薄すぎて気に入らなかったからだ。

「買ったじゃないの、バスタオルを」

母は顔をしかめ、このコーヒーは苦すぎると言った。

「そうじゃなくてね、服とか靴とか、気持ちのはなやぐもののことよ。何か買ってあげましょうか？」

私は笑って、バスタオルでも十分に気持ちははなやいだとこたえた。

「つまらない子ね」

母は言い、煙草をくわえて火をつける。

「でもまあいいわ。あたしもくたびれてきたところだから」

それで、ひきあげることにした。この前自分で買った服――カウチンセーターだ――は、夫の趣味に合わなかった。野暮ったいな。一目見るなり夫は言った。気に入って買ったものだったが、それは私の手の中で途端に色あせ、まぎれもなく野暮ったいものになった。私は、夫の好むものだけを身につけていたい。自分の服を自分で選びたくないなどと言ったら、でも母は卒倒してしまうだろう。

おもてはまぶしく晴れ渡っていた。青い空だ。横断歩道を一つ渡るだけなのだが、駐車場まで歩くあいだに、どっと汗が吹きだす。

「気持ちいいわね」

私は言った。

「なかは冷房がききすぎていたもの」

汗をかくことの気持ちよさを教えてくれたのは夫だ。それまでの私は、夏という季節が嫌いだった。

「また南の島に行きたいわね。泳ぎたいわ」

陽気な気持ちになって言った。

「そうねえ」

気乗りのしない様子で母は呟《つぶや》く。

「でも次に旅行に行くんなら、トルコあたりがあたしはいいわ」

二泊三日の出張から戻ったのは昼過ぎで、私は自宅には寄らず、まっすぐ仕事場に向かった。きょう中に受けとって返さなくてはならないファクスが届いているはずだし、夜には近くの店で人と会う約束もある。

海辺の街でひらかれたフォーラム――私はそこに、通訳兼講師として参加してきた――は、めずらしくもない諸問題――目を瞠《みは》るほどちぐはぐな講師陣、あきらかに多すぎるプログラムと、曖昧《あいまい》すぎる(か、逆に専門的すぎる)テーマ、予算の使い方の不具合――にもかかわらず、どうにか無事終了し、出張のあとはいつもそうであるように、私は気分がよかった。美術館関係者や何人かの講師といった、知っている人たちとの再会、名刺を交換したり誰かに紹介されたりした、知らない人たちとの出会い。温かな握手や形式的な握手、ほめあい、軽い冗談、揶揄《やゆ》、うわさ話。夫なら、「無意味」で「いたずらに消耗する」と言うだろう。そういう場所が、でも私は嫌いではない。普段とは違う環境、私に望まれている仕事、行動、そして態度。宿が海に面していて、新鮮な空気を吸えたこともよかった。今朝は早く起きて散歩をした。岩がちな砂浜は、昇ったばかりの太陽の熱を、嬉々《きき》として吸収していた。ところどころに唐突にオブジェが置かれており、赤や黄色に塗られたその野菜形オブジェは、砂浜という広々した場所で、逆に自然に、親しみやすく見えた。

空港に停めておいた車に乗り、湾岸道路を走りながら、私は正直になろうとする。海辺の街のあの日ざし、フォーラムという奇妙な集《つど》い。たしかに仕事は満足のいくものだったけれども、私にとって大切なことは一つしかない。夫のいない場所で、眠り、目覚め、食事ができたこと。与えられた仕事をこなし、他人と話し、笑い、握手をし、美しいものを美しいと感じられたこと、おいしいものをおいしいと、不味《まず》いものは不味いと感じられたこと。私はそれが嬉《うれ》しいのだ。逃げ帰らず、見えない殻《から》に閉じこもりもせずにいられたこと、物事を、自分の目に映るままに観察できたことが。

それは夫と出会う前の私だ。夫と出会い、彼に支配されてしまう前の。

ハンドルを握り、前方の車の流れに目を据えたまま、ばかばかしさに胸の内で嗤《わら》った。私は夫に支配されていたくてたまらないのに、同時にそれ以前の自分に固執しなければならない。夫が出会い、あんなにも愛したのは、その女なのだ。

私は、いますぐ夫に会いたいという欲望に抗《あらが》った。「見て。会ってどうするというのだろう。両手をひろげ、「見て」とでも言うのだろうか。「この女に見憶《みおぼ》えはない？」と。

部屋に入り、窓をあけた。ファクスを処理して返送し、それから母に電話をかけた。旅はほんの二晩だったし、予定はあらかじめ伝えてあった。それでも、無事戻ったという連絡を、母がいまや遅しと――おそらくはやや苛立《いらだ》って――待ちわびていることはわかっていた。

普段に似ずあかるい声で、母は電話をとった。

「あら柊子、もう戻ったの?」

小言に備えて身構えていた私は、一瞬返答につまった。

「でもちょうどよかったわ。いまね、ミミちゃんが来てるのよ」

なるほど、と、思った。彼女の訪問を、母は歓迎している。

「あなたもお茶をのみにいらっしゃい」

十五歳(それとも、もう十六歳になったのだろうか)の少女が、母のような老人、お世辞にも扱いやすいとはいえない老人を、訪ねてくる理由は見当もつかない。見当もつかないが、母の話し相手になってくれているらしいことは事実で、その事実に、私は感謝すべきなのだろう。すぐ行くわ。そうこたえて電話を切った。

ミミは随分日に灼《や》けていた。プーケットの、あの強い日ざしの下でさえ滑らかに白い肌をしていたのに。

「きょうは制服じゃないのね」

気がついたことをそのまま、私は口にだした。

「あの制服、よく似合ってたのに」

胸に人魚のプリントされたTシャツとジーンズ、という恰好《かっこう》のミミは首をすくめる。

「だって、夏休みだから」

「ミミちゃんね、お父様と博多の御実家に里帰りされてたんですって。お土産に、明太子《めんたいこ》をいただいたのよ」

母が言う。

「御実家は料亭なんですって」

私の坐る椅子《いす》が、すでに居間に運ばれていた。紅茶茶碗《ぢゃわん》も。私はミミを見た。母がそんなことをするはずはない。ミミはにっこりし、どうぞというように手で椅子を示した。

「お父様は御長男だけれど建築の道に進まれて、お店はお姉様が――お姉様って、ミミちゃんのじゃなくお父様のね――、お婿《むこ》さんをおとりになって、継いでらっしゃるんですって」

どうやら、母は不遠慮なインタビューを敢行したらしい。

「博多には、いい海水浴場がたくさんあるって聞いたことがあるわ」

よその家の事情から、話題を転じたくて私は言った。

「お日さまをたくさん浴びたのね。この前会ったときは真白《まっしろ》だったのに」

母の誕生日の夜の、ミミを私ははっきりと思いだすことができる。レストランのテーブルで、背すじをのばし、ほとんど喋《しゃべ》らず、行儀よく料理を口に運んでいた。よその家族にまじって食事をするのなど、さぞ退屈で居心地が悪いことだろう。そう思ったが、私たちの会話のところどころで、たのしそうに小さく笑った。おもてにでると、ミミは小さくて無防備で、一人ぼっちの子供のように見えた。耳にイヤフォンをつけ、ごちそうさまでしたと言った。夫の渡そうとしたタクシーチケットも受けとらず、駅に向け、一人で道を下っていった。あのとき、夜のなかで、ミミの顔は磁器の人形のように白く小さかった。

「博多でもちょっと泳いだけど」

ミミは言った。

「日灼けはべつの場所でしたの」

声音に誇らしそうな響きがまざり、母とミミが目くばせをしあう。

「べつの場所?」

私は尋ねたが、ミミが日に灼けた場所を、とくに知りたいとは思わなかった。母とミミは、秘密を共有している少女同士のように、嬉しげに口元をほころばせている。

「整然としてるんですね」

さも意外だというように、ミミは眉《まゆ》を持ち上げて言った。

「桐子《きりこ》さんのお部屋とは全然ちがう」

おずおずと、室内を見まわす。

「殺風景でしょ」

私は苦笑し、来客用のソファをすすめた。ベージュ色の革張りの、私にとっては値の張ったソファだ。

「何かのみたかったら、冷蔵庫から好きなものをだしてね」

お仕事場を見たい、と言われて、私たちはここに来たのだった。午後四時。日ざしは薄くなったものの、空気はまだうだるように暑い。

「私はここに住んでいるわけじゃないから、ここと母の部屋を比較することはできないけど」

公正を期すために私は言った。窓を閉め、エアコンのスイッチを入れる。

「でも母は、昔から整理整頓が苦手なの」

うふふ、と、ミミは笑った。

「うちのママとおんなじ」

「そうなの？」

ミミから母親の話を聞くのははじめてだった。

「正確にはちがうけど」

つい笑ってしまったのは、ソファの端にちょこなんと腰掛けたミミが、まるでこれが難解な話題だとでもいうように、真剣な表情をしていたからだ。考え考え、言葉を選ぶ。私には彼女の言わんとすることがわからなかった。

「やっぱりちがうわ」

ミミはそう結論づける。

「すくなくともいまは、掃除も洗濯もすこぶるしてるし」

「そうなの？」

私はもう一度言った。整理整頓が苦手で、それなのにすこぶる働き者――。

「きっといいお母さまなのね」

思いつくかぎり、もっとも妥当と思われる言葉を口にしたつもりだったのに、ミミは私をひたと見据えて、

「それは」

と、無表情に言った。

「それは、柊子さんの考える『いいお母さま』が、どういうものなのかによるわ」

と。

それからほんの五分で、ミミは帰った。母の部屋に戻ったのか、自分の家に戻ったのかはわからない。

夕食を兼ねた打ち合わせを終えて、その夜私が帰宅したのは、九時すこし過ぎだった。夫はまだ帰っていなかったが、誰もいない家のなかは散らかっていた。リビングにも台所にも汚れたグラスが置いてあり、目玉焼きを食べたと思《おぼ》しき皿も二枚まざっていた。使用済みのバスタオルは脱衣所の床につくねられていて、寝室には衣類が散乱し、無論ベッドは整えられていない。灰皿には吸殻があふれていた。テーブルには三日分の郵便物やチラシが積み重ねられており、その横にはネクタイが二本、だらりとたれさがっていた。テーブルの下に靴下を片方だけ発見し、私は苦笑する。一体どうすれば、こんなふうに脱げるのだろう。夫は、三日間一度も窓をあけなかったらしい。部屋の空気は重みを感じとれるほど澱《よど》んでおり、煙草《たばこ》とアルコールのまじりあった――でも決してそれだけではない、夫独特の――匂《にお》いがした。私は夫がすぐそばにいるように感じて、その気配を味わう。本物の彼を見るまで、それらをそのままにしておきたい誘惑に駆られた。私のいないあいだの、彼の痕跡《こんせき》。まるで天女の羽衣《はごろも》のようではないか。

夫が帰宅したときには、しかし私は何もかも片づけ終えて、シャワーを浴び、ベッドで本を読んでいた。

「ひさしぶりだね」

夫は言い、スーツ姿のまま私におおい被《かぶさ》る。ごろんと、大きくて重い体が布団《ふとん》ごしにのっかり、夫の纏《まと》っている外気の匂いと、私がさっき手足にすりこんだローションの匂い、それに、替えたばかりのシーツの匂いがまざった。私は思うのだけれど、肌が触れあうことよりももっと、纏っている気配のまざりあうことの方が刺激的だ。動物的で、礼儀正しく野蛮で。

「フォーラムの話は聞く」

私の上で脱力し、枕《まくら》に顔を埋《うず》めて夫は言った。頬と頬がぶつかって、私は彼の皮膚の温度の高さにたじろぐ。

「きみの好きなあの何とかいう大学教授の話でも、知的好奇心とやらに溢《あふ》れた愚かな聴衆の話でも、キュビズムだかピュリズムだかの話でも」

私は笑いながら身をよじり、夫をなんとか仰向《あおむ》けにさせた。唇に一度キスをしてから、ネクタイをはずした。それは汗でうっすらと湿り、結び目がしわになっていた。私は嫉妬《しっと》に似た気持ちを覚える。一日じゅう夫の首にまきついていた、この細い布に。

「話は聞く」

夫は大の字になり、目をとじて、荒い息をついてくり返した。

「何をのんだの？」

私は訊《き》いた。ピートの強いウイスキーの香りがしたが、それだけで夫がこんなに酔うはずがなかったからだ。

「いいから」

夫は言い、衿元《えりもと》のボタンをはずしかけた私の腕を、乱暴につかんでひきよせた。とじていた目があいたとき、私には、目の前の男が見かけほど酔ってはいないことがわかった。そこにはおもしろがるような強い光が宿っていたし、まっすぐに見つめられ、私は皮膚が粟立《あわだ》ったから。

「話は聞くけど、その前にたしかめさせてほしい。これがまだきみかどうか、ほんとうに俺の柊子かどうか」

視線と声、熱気を発散させるほど高い体温——。天井を仰いだのは、息苦しさに耐えられなかったからだ。

夫は、酔った人とは思えない素早さと力強さで上体を起こし、私の喉《のど》を唇ではさむ。頽《くずお》れたとき、私の頭は夫の温かな手のひらに、かばうように支えられていた。

翌日は土曜日で、珍《めずらし》く二人とも仕事をせずに過ごした。普段は、家にいてもどちらかが、――場合によっては二人とも――仕事をして過ごすことが多い。リビングで、あるいは寝室で、一緒に。

「ああ、そういえば、これ」

夫がそう言ったのは、昼食を終えたときだった。昼食にはかけそうめんを作った。にが瓜《うり》の炒《いた》めたものと、冷やし茄子《なす》と。

「もらったんだ、ゆうべ」

小さな紙袋から夫がとりだしたものは、バスタブの栓だった。プラスティック製の鎖の先に、ゴムでできた黄色いアヒルがついている。

「かわいいのね」

手の上にのせ、しばらく眺めてから私は言った。アヒルは水中眼鏡とシュノーケルをつけており、ぷっくりと太っていて、まるい。

「きっとこれがお湯に浮くのね」

想像し、私は不気味だと思った。こんなものの浮いたお湯につかるのは、率直に言って気がすすまない。

夫は、それを「若いタレントの一人」からもらったらしい。紙袋には、包装紙とりぼんの残骸《ざんがい》が入っていた。

　そのタレントは、もちろん女性だろう。そして、夫と特別な関係にはない。そういう関係であればこんなものを寄越さないだろうし、寄越しても夫が持ち帰らないはずだ。たぶんその子は単純に愚かで、こういう贈り物を気が利《き》いているとでも思ったのだろう。それだけのことだ。そして、それにもかかわらず、私の目にそのアヒルは、ひどく不快な、ほとんど放りだしたいほどいやなものに映った。その子の愚かさのせいかもしれないし、自宅のバスタブの栓についてまで、どういう脈絡でか知らないが、夫が他人に話したらしいせいかもしれない。

「あなた、これを使ってみたい？」

　尋ねると、夫は首をすくめ、

「いや、べつに」

と、こたえた。ほうじ茶を啜《すす》り、湯呑《ゆの》みごしに私を見る。

「じゃあ、気持ちだけいただいておきましょう」

　にっこりして私は言った。

「そうだな。そうしよう」

にやりと笑ってこたえた夫の声音には、満足そうな響きがあった。

籐《とう》で編まれた箱形の枕は、夫がどこかから買ってきたものだ。午後、私たちは居間にそれを二つならべて、昼寝の真似《まね》事《ごと》をしている。古びて、端のほつれたタオルケットの下で。部屋のなかはエアコンがきいているが、おもてはサッシ窓ごしにもわかるほど、日ざしと熱で空気がゆらめいている。

驚くほどくだらないテレビ番組が、ごくしぼったヴォリウムでついている。私はテレビが好きではないが、テレビ的な音——どういう意味なのか、私にはわからない——が流れていると、落着くのだと夫は言う。くだらない番組ほどいいらしい。注意を払わずにすむから。

蟬《せみ》の声とテレビの音。遠い騒々しさ、そらぞらしい笑い声。夫は静かに目をとじている。短いまつ毛、なだらかに隆起した鼻。

「消してもいいよ」

ふいに、夫が言った。

「うるさいんだろう?」

「お昼寝にはじゃまね」

私は認め、夫の肩に頭をのせた。

「でも、つけといても構わないわ。眠るつもりはないから」

夫の身体に腕をまわし、力をこめずに抱いた。

「柊子はうるさいものが嫌いだね」

嫌いよ、と、こたえた。

「うるさいものを好きな人の気持ちも理解できないわ」

夫の喉の奥から、たのしげな笑い声がもれる。

「理解する必要なんてないさ」

タオルケットの下で身体を半転させ、夫は腹這《はらば》いになる。私の腕の下で。

「理解したがりだね、柊子は」

手をのばし、煙草を一本ぬきだしてくわえた。ちり、と、紙の燃える音をさせて煙を吐く。

「言っておくけど、これは俺の仕事とは関係ないんだ。理解できないってことを、俺はただ忘れたくないだけでね」

遠い騒々しさ、そらぞらしい笑い声。

「自虐《じぎやく》的ね」

私が感じるのは恐怖だ。すっと体温がさがるような恐怖。夫は煙を輪にして吐きだしており、声音も静かだが、そこには何か、私を不穏な気持ちにさせるものがある。原武男という男のなかに、たしかにあるのに見ることも触れることもできない空白のようなもの。一瞬だが強く、私はその空白に身を投じたいと願う。そしてすぐに、どうかそんなことにならずにすむように、と、願い直す。

夫にはたぶん、快適なことの方が恐怖なのだろう。快適なこと、理解できてしまうこと——。

「あなたは臆病《おくびょう》ね」

私が言うと、夫は嬉しそうに含み笑いをする。地中から掘りだされたばかりの鉱物のような、それは笑顔だ。煙草を灰皿におしつけて消し、片手で私のおしりを摑《つか》む。私はまた、忽然《こつぜん》と理解してしまう。このひとは私といても快適ではないのだ。快適でないことが、このひとの寄《よ》る辺《べ》なのだ。

弱い雨が、降ったり止《や》んだりしている。八月にしては気温の低い日だ。電車のなかは冷房がきいていて寒く、それなのに汗と湿気の匂《にお》いがした。私はすでに、来たことを後悔し始めている。友人の離婚祝い——すくなくとも案内状にはそう印刷されていた――は、無論「祝う」というより「励ます」趣旨のものだろうと思うのだが、いずれにしても、あまり気の進まない集りだった。もっとも、本人は電話口で陽気な声をだし、

「これは断然お祝いなんだから、柊子も万難《ばんなん》を排して来てくれなくちゃ」

と言っていた。

彼女は大学の助教授をしている。私は以前、美術関係の本を数冊、彼女と共訳した。年齢も近いし話題も合って、一時期はかなり親しくつきあっていたのだが、最近は連絡が途絶えがちだった。それは何も彼女に限ったことではなくて、私は夫と出会って以来、それまで交流のあった誰彼と、のきなみ疎遠《そえん》になっているのだった。

「離婚祝い？」

案内状を見たとき、夫は眉《まゆ》をひそめた。

「スノッブな輩《やから》の考えつきそうなことだな」

困るのは、私も全く同感だったことだ。それを認めるのはさすがに憚《はばか》られ、

「そんなことを言わないでちょうだい。お友達なのよ」

と辛《かろ》うじて異議をとなえて、出席の返事をだしたのだった。

電車を降りると、私はまずシャンパンを買った。包装してもらうあいだ、所在なく

店内を見ていると、いまごろの季節にちょうどよさそうな、高価ではないがチャーミングな風味を持っているはずの白ワインが幾つも見つかって、私は、今夜友人に会いに行かずに、夫と二人でそれをのめたらどんなにいいだろうと思わずにいられなかった。

必要な本が何冊かあって、本屋に寄るつもりで早目に仕事場をでてきたのだったが、シャンパンを買い終えた時点で、私は半ばその気力を失っていた。夕方の渋谷は人が多すぎて歩きにくい、ということくらい知っていたのに、知っていても驚くほど、街は不快に混み合っていた。おまけに、私はぞろぞろと移動するたくさんの他人と歩調を合わせることも、合わせずに足を速めて人混みを縫って歩くことも、どうしてもできないのだった。すこし前にはどちらだってできたはずだ。夫と歩くことに馴《な》れてしまう前には――。雨が降っているのも鬱陶《うっとう》しかった。傘がぶつかるし、ハイヒールをはいた素足に、砂まじりの水がはねる。

私は半ば苛立《いらだ》ち、半ば怯《おび》えて、逃げるように本屋に入った。そこは私の記憶にある本屋とは名前が違っていたのだが、それでも本屋ではあって、なつかしい紙とインクの匂いをかぎ、見知った書名や著者名のならぶ棚を見ているうち、すこしだけ気持ちが落着いてきた。

目あての本を見つけ、地下にあるその店からでたときにはもう、私は次に自分のとる行動を決めてしまっていた。そのつもりで、私は約束の七時ちょうどまで、本屋に長居していたのだ。タクシーを止め、友人たちのいるレストランの前で降ろしてもらった。傘も本もなかに置いたままで、五分だけ待っていてくれるよう運転手に頼んで。

奇妙なことに、私はむしろ毅然としていたと思う。

薄暗く、狭い店内のあちこちに、グラスを手に人が立っていた。中央のテーブルには造り物の白鳥が鎮座している。音楽はオペラだ。

「柊子！」

とてもストイックな授業をすると評判の彼女は、しかし大学以外の場所では、昔からすこし芝居がかったところがあった。上半身がビスチェになった黒いドレスは、日に灼《や》けていて美しく、筋肉質な彼女だからこそ着こなせる類《たぐい》のものだったとはいえ、両手をひろげて近づいてくる大仰な身ぶりもあいまって、やはりやりすぎの感じがした。

「千夏《ちか》ちゃん！」

おなじくらい大仰な身ぶりで両手をひろげ、私は古い友人を抱きしめた。互いに勢いがよすぎたのだろう、鎖骨に鎖骨がぶつかり、頰ではなく耳に耳が、かすめるようにぶつかった。私も彼女も、無論笑顔だった。これはお祝いなのだから。

「嬉《うれ》しいわ、来てくれて」

彼女は言い、白鳥のまわりにならべてあるグラスを一つ、とってくれた。

「おめでとう、なんでしょ？」

乾杯の仕草をしながら言うと、彼女は一瞬だけ泣き真似をして、でもすぐに笑って、

「そうよぉ、決まってるじゃないの。イットワズサムシング、バットイッツオーバー」

と、巻き舌にしない英語で言った。ふいに、私は泣きたい気持ちになった。泣いて、もう一度彼女を抱擁《ほうよう》したい気持ちに。百もの感情が、言葉を伴わずに溢《あふ》れでようとしていた。

奥に誰それも来ている、とか、あとで誰それも来る、とか、彼女は言っていた。この料理は香辛料がふんだんに使われていて、なかなかおいしいのだ、とも。

自分でもよくわからない理由で、私は感情に全力で抗《あらが》った。

「ごめんなさい。実は、きょうはちょっと顔を見に寄っただけなの」

嘘《うそ》は、なめらかに口をついてでた。

「なあに？　仕事？」

彼女は、いかにも彼女らしくあっさりとその嘘を受け容《い》れて、再び大仰な身振りで、残念そうに私を抱きしめてくれた。

「連絡するわ。近々必ずのみましょうね。どこに行くのか知らないけど、気をつけてね」

ぽんぽんと背中をたたかれて、私は彼女を抱く腕に力をこめる。そのときそれが目に入った。造り物の白鳥はおまるで、浅く張られたシャンパンの池の底に、金色の指輪が一つ、沈んでいた。

その夜、夫が帰宅したのは十一時すぎだった。私は昼間しきれなかった仕事を、持ち帰ってしていた。このあいだのフォーラムで、カナダ人評論家のした九十分間の講演を、当人の書いた原稿と、実際に行われた講演の録音テープとをつきあわせながら翻訳してまとめる、という作業で、思いの外《ほか》時間がかかる。彼は「動く彫刻」について話していた。デュシャンの車輪や、ロシアの構成主義者たち、それに、画期的な芸術作品としてのモビールのことを。

彼は、モビールについて、「微妙なバランスを与えられた針金作品」と説明する。「可動部分が組み合わされて、その先に彫刻的な構成要素がぶら下がっている」のだ、

た　く　ら　が

と。ヘッドフォンから流れる、やわらかなアクセントの静かな声音《こわね》。私はつい想像してしまう。もしモビールを知らない人がこれを聞いたら、一体どんな物体を思い浮かべるだろうか、と。美術品を言語化することの皮肉。

人の気配がして、ふり向くと夫が立っていた。ストライプのシャツはボタンが幾つかはずされており、寛《くつろ》いだ様子で、水の入ったグラスを持っている。

「お帰りなさい」

テープを止め、ヘッドフォンをはずして私は言った。

「ごめんなさい。気がつかなかったわ」

いつ立ちあがったのか、いつ歩いたのか、わからない。私は、夫の胸にぺたりと頬をつけていた。会いたかった、と、心から思う。この人は、一日じゅうどこに行っていたのだろう。

「仕事熱心だね」

夫は言った。

「どうだった？　離婚祝いは」

グラスを持っていない方の手が、私の腰をあっさりと抱く。目をとじて、私は夫の匂いをかいだ。布地ごしに、あたたかな夫の皮膚の匂いを。

「盛況だったわ」

私はこたえた。

「彼女、とてもきれいだった」

それは嘘ではない。嘘ではないが、私にはわかっていた。友人たちと、なんとなく疎遠になっていると思っていた。いまや、もうそうではない。彼女たちのいる場所に、私はいない。

「雨が降っていて」

私は言った。世界じゅうが敵のように見えたことは言わなかった。心細かったことも。一人では上手《うま》く歩けなかった。街の様子がすっかり変ってしまっていて、自分が異邦人のような気がした。

「肌寒かったわ」

言わなかったことのすべてを、夫は理解したようだった。低い笑い声をもらして、

「遠くへ行ったんだね」

と、からかうように言った。

「すぐに遠くにいくんだな、柊子は」

安堵《あんど》が、私のなかに湧《わ》いた。あたたかな泉みたいに。夫の顔が見たくなって上を向

いた。あごの線だけが見えたので、そのいとおしいものをじっと見つめた。皮膚の表面のつぶつぶまで。

「構わなければ、ちょっとシャワーを浴びてきたいんだけどね」

「構うわ」

私は言い、夫の首に唇をつけた。足に、足もからめる。くすくす笑う声が聞こえ、振動が伝わり、私たちは男女というより兄妹のように、あるいは、二つの頭を持つ一つの物体みたいに、なる。「微妙なバランスを与えられた針金作品」みたいに。

「きょう、ミミちゃんと飯を食ったよ」

夫がそう言ったのは、二人でシャワーを浴びたあと、台所で麦茶をのんでいるときだった。髪も体もまだ濡《ぬ》れていて、夫のTシャツとブリーフは、あちこち色が濃くなっている。そこから伸びる、かたちのいい手足。

「ミミちゃんと？」

それは、まったく思いがけないことだった。いきなり戸があいたみたいな、驚きだった。

「うん。ほら、例の試写会があって」

夫は麦茶をのみ干すと、冷蔵庫をあけて二杯目を注《つ》いだ。何とかという名の映画監督が、新作のPRのために主演俳優と共に来日し、舞台挨拶《あいさつ》つきのプレミア試写会をする。ミミもミミの母親も、その監督が「熱烈に好き」なのだそうで、招待状を二枚、夫がとった。

「ああ、あれ、今夜だったの」

その約束が交わされたのは母の誕生日の夜で、私もその場にいて、話を聞いていた。でも、その試写会に、夫も行くとは思っていなかった。仕事柄、夫は様々なイヴェントの招待状を手に入れることができる。頼まれて手配することも少くない。けれど大抵の場合、そういうことを頼んでくる相手を夫はすこし軽蔑《けいべつ》していて、

「ああいうものが見たいのかね」

と、あとになってしれっと呟《つぶや》くのだ。

「じゃあ、ミミちゃんのお母様にも会ったの？」

尋ねたとき、私は自分が除《の》け者《もの》にされたように感じた。嫉妬《しっと》、そして、不安。

「いや、それがね、彼女一人で来たんだ。お母さんはデートだとかで」

それから、思いだしたようにすこし笑って、

「彼女、浮くね」

と、言った。

「会場は若い女性だらけで、みんなおなじように見えるんだけど、彼女は紛《まぎ》れないね。すぐわかったよ。目立つっていうのとも違うんだけど、何だろうな、孤立してる感じで」

私は微笑《ほほえ》んだ。目に見えるようだ。

「イヤフォン、つけてた？」

「つけてた」

にやりとして、夫は続ける。

「お母さんの坐《すわ》るはずだった席に、バッグをどんと置いてさ、イヤフォンをつけて、不機嫌な顔で、ショートパンツからのびた長い足を組んで」

「わかるわ」

私の声は、自分の耳にさえ嬉《うれ》しそうに響いた。賞賛の気持ちが滲《にじ》んでしまう。

試写会が終ったのは九時で、お母さんはデートで帰りが遅いらしいし、それで飯に誘ったのだ、というのが夫の説明だった。

「何を食べたの？」

奇妙なことに、私はミミに会った夫をうらやましいと思った。夫と食事をしたミミ

さずに。

ではなくて。

「鮨《すし》」

夫が連れて行ったのであれば、そこは上等な店だろう。ミミは、でもまるで怯《ひる》まずに食事をしただろう。言葉すくなに、でも、誰かに話しかけられれば決して目をそらさずに。

「お母さんて、どんな人なんだろうな」

夫は言った。

「だってさ、娘との約束を反故《ほご》にして男に会いに行くなんて、おもしろいじゃないか」

私は首をすくめる。お父さんのことならすこし知ってるけど。胸の内で、言った。

首すじに湿疹《しっしん》ができた、と、母が言う。見ると、それは湿疹というよりみみず脹《ば》れのようで、白く薄い母の皮膚に、痛々しく赤く筋になっている。ぴりぴりする、と言うので、車で病院に行った。

診察のあいだ、私は待合室にいた。おもてはまぶしく晴れていて、くたびれたカーテンのついたガラス窓から、たち葵《あおい》の花が見えた。狭い待合室に、私の他に人はいない。

「汗をかくと、しみるの」

車のなかで、母はそう訴えた。

「こんなのは嫌だわ」

と。

ほんの十五分で、診察室から母はでてきた。仏頂面《ぶっちょうづら》で、何だか納得がいかないといった風情《ふぜい》で。

「どうだった？」

肌色のテープでとめられた、たよりないガーゼを見ながら私は訊《き》いた。

「よくわからないわね」

母は言った。虫にさされたのだろう、と、医者は言ったらしい。

「何の虫ですかって訊いても、それはわからないって言うのよ」

母は不満そうだ。

「だって家じゃ動物も飼っていないし、あたしはこのところ外へでてもいないんだし、そんな変な虫にさされるわけないじゃないの」

言うべき言葉がみつからなかったので、私はただ、そうねえ、とだけこたえた。坐り心地の悪いソファに再びならんで腰掛けて、薬を待つ。

「今夜、仕事場でお食事できるの?」

尋ねられたとき、私はまた窓の外を見ていた。汚れたガラス越しに、たち葵の花を。

「約束があるの。あしたは大丈夫だけど」

「原さんと?」

うなずくと、母は長く深く息を吐いた。一仕事終えた人のように。

「じゃあ仕方ないわね。仲のいいのはいいことだもの」

「なあに、それ」

私はすこし笑ってみせたが、可笑《おか》しくはなかった。

「代官山で食事をすることになってるの。おいしいワインののめる店よ。ママも来る?」

母は元来丈夫で、風邪も滅多にひかない。湿疹ができて、病院という愉快ではない場所に来て、おそらく心細いのだろう。

「外食はお誕生日以来でしょう? とても感じのいい店だから、ママも気に入ると思うわ」

ずっと欲しかったポール・デルヴォーの画集を、夫が買ってきてくれたのはゆうべのことだった。夫はそれを、今年は夏休みがとれそうもないから、そのお詫《わ》びに、と言ってみつけてきてくれた。ここ数年、夫は秋になってから夏休みをとっていて、今年もそうだとばかり思っていた私はがっかりしたが、画集は嬉しい贈り物だったし、翌日の夕食の約束つきだったので、それでいいことにした。

そういうわけで、きょう母が仕事場にやって来て、湿疹ができたと訴えたとき、私は上機嫌で画集の頁《ページ》を繰っていたのだった。

「嫌ですよ」

母は言った。

「どうしてあたしがそんなとこに行かなきゃならないの？」

受付で名を呼ばれ、処方箋《しょほうせん》を受けとって支払いをした。

おもてにでると、まぶしさに母は目をしばたいた。

「暑いのね」

まるで、知らなかったかのように言う。たった三十分前におなじ場所を歩いたのに、そして、暑いと汗をかいて首すじにしみる、と、文句を言っていたのに。

この人はじきに死ぬのだ。

ふいに、そう思った。いまはまだ元気で、こうして首すじにガーゼを貼《は》りつけて立っているけれど、じきに、それがいつであれ必ず、この人はいなくなるのだ。信じられなかった。そんなことはとても認められない。

「柊子？」

怪訝《けげん》な顔つきで、母に促された。いつか母がいなくなっても、この病院はここに建っているだろう。たち葵の花も、咲いているかもしれない。

駐車場に停めておいた車のなかは、温室のように熱せられていた。ドアを両側ともあけて、すこしでも空気を入れかえようとしてみる。

「それよりさっさとクーラーを入れたらいいじゃないの」

母は言い、乗り込む。杖《つえ》ごと。湿疹ごと。やれやれ、という動作で。現にいま生きている母は——。

五分も走ると、車内は涼しくなった。母はラジオをつけ、ラジオを消す。

「音楽がほしい？」

私は尋ねた。

「そこにＣＤが何枚かあるから、好きなのを選んでくれたらかけるわ」

母はＣＤには手を触れようとせず、膝《ひざ》にのせた小さな鞄《かばん》から、飴《あめ》をだして口に入れる。

「もうぴりぴりしないわ」

そして、嬉しそうに言った。

「悲しんでくれる人がいなかったら、私は誰とでも寝ると思うわ」

かつて、私は夫にそう言ったことがある。悲しむことは不可能だ、とこたえた夫の残酷さを、私は詰《なじ》った。でも、あのとき夫はこうも言ったのだ。

「もしもそうなら、きみは実際、誰とでも寝るべきなんだよ」

いい、いい、いい、もしもそうなら——。夫の冷静さに、私はいつも驚かされる。

「何？」

テーブルの向うで、夫が眉《まゆ》を上げる。

「何でもないわ」

微笑んで、私はこたえた。

「昔のことを思いだしたの。昔あなたに言われたことを」

夕食は、文句のつけようのないものだった。サワークリームを添えたキャビアに始まって、ほんのすこしのカペリーニ、温かな牛たんと続いた。オマール海老《えび》は、泡立ったつめたいスープに浸っていた。私は夫といるときだけ、この店が好きだ。豪奢《ごうしゃ》で、自分の人生に何の憂《うれ》いもないように思える。

「どんなことを？」

食後酒を啜《すす》り、夫が訊く。透明なグラッパが、グラスから夫の唇のあいだにすべり込み、喉《のど》を通り胃に落ちていくのを、私は眺め、想像し、ほとんど体感する。これだけたくさんの食物を取り込み、なお強いアルコールを摂取し、消化できる夫の肉体を、私はほんとうに誇りに思う。

「知らない方がいいと思うわ。幸福な話ではないもの」

あのとき私は泣き、怒鳴り、夫に食ってかかって、足を踏み鳴らしたのだ。

夫は笑う。

「そうなのか？　それにしちゃ幸福そうな顔で思いだすんだな」

「幸福だもの」

こたえて、夫のグラスに手をのばした。

「幸福な話じゃなくても、幸福な思い出だわ。あなたとしたことは全部、私にとっては幸福な思い出になっちゃうのよ。おもしろいわね」

夫は私をじっと見ている。何も言ってくれないので、いきなり訪れた沈黙に困惑し、ほとんど耐えきれなくなったときにようやく、夫は再び微笑む。そして、

「そうだな。それはおもしろいな」

と、認めた。

ボブ・マーリーがかかっている。二台あるのにちっとも効かないエアコンと、狭い店内のあちこちに灯された赤いろうそく。窓ごしに高速道路が見える。

「きょうはほんとうに二人きりね」

前回ここに来たとき、夫の横に藤田さんがいたことを思いだし、私は言った。キャビアに始まってグラッパに至るながい満ち足りた食事を終え、私たちはこの店に移動した。おんぼろな階段をのぼり——途中で一度キスをした。壁がもし口をきけるなら、私たちのキスなど珍しくもないと証言するだろう——、重い扉を押しあけて。

「誰がいようと二人きりみたいなもんだろう」

夫はしゃあしゃあと言う。

「俺が一緒にいたいのは柊子だけなんだから」

そして自分にバーボンを、私にアマレットを注文する。

私には、それが真実だということがわかっている。喜ばしいことであるかどうかはともかく、単純に、それが私たちの真実だということが。

「嬉《うれ》しいわ」

意志を持って、私は言う。

「あなたが、いまでも私といたいと思ってくれていて、嬉しいわ」

音楽は、いつのまにかUB40に変っていた。昼間、母を病院に連れて行ったことを私は話した。病院の匂《にお》い、おもてが晴れていたこと、白い四角い大きなガーゼ、母がじきに死ぬのだと思ったこと。

夫は黙って聞いていたが、私が話し終えるとにっこり笑った。

「桐子さんは死なないよ」

自信たっぷりに言う。私もすこし笑った。

「そうね。いまはぴんぴんしてるわ」

そうじゃなくて、と、夫は言った。グラスをまわし、氷をからからいわせる。

「そうじゃなくてさ、桐子さんは絶対に死なない」

私が困惑したのは、夫の口調が妙にまじめで、力のこもったものだったからだ。

「ええ。でも……」

夫の言いたいことがわからず、曖昧《あいまい》に相槌《あいづち》を打った。

「でも、永遠にってわけにはいかないわけだし」

「いくさ」

いささかも自信を揺るがせずに夫は言い、一瞬呆《あき》れたあとで私は、今度こそ声をたてて笑ってしまう。

「あの人、永遠に死なないっていうの？」

「永遠に、死なない」

私たちは見つめ合った。

「あなたは私に、ほんとうに嘘《うそ》がつけないのね」

声に、いとおしさと悲しみがまざる。つけない。夫は即答した。悠然と、愉快そうに。いつものことだ。この人はいつもこういうふうにして、私に真実をわからせてしまう。

雨が続いている。私は秋という季節が好きだ。物がみな、あるべき姿に戻る季節という気がする。

「真澄《ますみ》さんがお茶に招んでくれたんだけど、柊子もいらっしゃいよ」

母が電話をかけてきてそう言ったとき、私の仕事場にはたまたま編集者が来ていた。

「ごめんなさい、いまお客様なの」

それでそう言った。母はいったん沈黙したが、諦《あきら》めきれないといった調子で、

「その人、何時ごろまでいるの？」

と、訊いた。私は笑ってしまう。本人を前にしてこたえられるはずがないのに、母は平気でそういうことを訊く。

「子供みたいなことを言わないで」

編集者はソファに腰掛けて、所在なさげにしていたが、そばに積んであった本のうちの、いちばん上にあった一冊――「*THE SECRET LIFE OF THE LONELY DOLL*」というタイトルの、デア・ライトという女性の伝記だ――を手にとって眺め始める。

「だって、真澄さんと二人っきりでお茶をのんだって、話すことがなくておもしろくもないじゃないの」

窓の外は雨で、空気もひんやりしているはずだ。でも、部屋のなかはまだすこし蒸し暑い。私は意味のない相槌《あいづち》を打つ。そうねえ、とか、でもねえ、とか。ガラステーブルの上のコーヒーが冷めていくのを見ていた。

「お母様ですか？」

電話を切った私に、編集者は尋ねる。

「仲がいいんですね、あいかわらず」

私は曖昧にうなずいて中座したことを詫《わ》び、制作中のカタログの話に戻る。

真澄さんは、二階に住んでいる倫《りん》くんの奥さんだ。母は倫くんを気に入っている。独身だったころからここに住んでいて、郵便受けの蓋《ふた》が壊れたときに直してくれたり、田舎から毎夏届く白桃をわけてくれたり、した。私と母が一緒に旅にでるときには、私の鉢植えを預かってくれる。旅先で私と母が、お土産というものを必ず買う、稀少《きしょう》というより唯一《ゆいいつ》の相手だ。

母は、でも真澄さんを愚鈍だと思っている。「かわいい人じゃないの」。私は言ってみるが、彼女を特別好きなわけではないせいか、なんとなくおざなりで、説得力に欠けてしまう。真澄さんはお菓子を焼くのが趣味で、上手に焼けると、ときどき私と母をお茶に招待してくれるのだ。親切で、笑顔の愛らしい女性であることは認めなくてはならない。皮膚が弱いからだと言っていたが化粧気はなく、買物に行くときには木綿の帽子を被《かぶ》る。ジーンズの生地でできたジャンパースカートを好んではく。大柄で、声が小さく、恥かしがりの子供みたいな喋《しゃべ》り方をする(母はそれに苛立《いらだ》つらしい)。倫くんのことを「みっちゃん」と呼ぶ。それは倫くんの名前が、倫夫《みちお》だからだ。

ほんの短期間とはいえ、夫が彼女と関係を持っていたことがわかったとき、私はひどく驚いたものだ。たとえば藤田さんのような、利発で現代的で美しい娘が、夫の好みなのだろうと思っていたからだ。

真澄さんについてならば、私はもっと説明することができる。無農薬だか減農薬だかの野菜を、騒々しい音楽と共にやってくるバンから買っていること、まだ子供はいないのに、育児雑誌を毎月愛読していること、倫くんとはお友達の紹介で知り合ったこと、そして、夫との情事があって以来、倫くんと私に罪悪感を抱いていること——。でも、奇妙なことに、私もまた彼女に罪悪感を抱いているのだ。

「静かですね、ここは」

仕事の話が終り、すっかり冷めてしまったコーヒーを啜りながら、編集者が言った。

「ええ、静かです。きょうは雨だから、余計静かな感じがするんじゃないかしら」

こたえながら、私はその編集者のずぼんがひどくくたびれていることに気づく。プレスすべき時期を、とうに越えていることに。スリッパの上にのぞいている靴下が、学生のセーターみたいな柄であることにも。そして思う。世のなかにはほんとうにいろいろな人がいるのだ、と。

「なかなか魅力的な女性だったよ」

そういえば、真澄さんとの関係を問い質《ただ》したとき、夫はそんなふうにこたえたのだった。

「柊子とは共通点がないね」

と言い、

「桐子さんの覚えがめでたくないのは理解できるよ。本なんか読みそうもないしね」

と、続けた。

「でも、好きになったんでしょう？」

尋ねると、夫は私が下品な冗談でも口にしたみたいに、苦々しく眉をひそめて笑った。

「柊子、柊子、柊子」

何を言いだすのかな、という、あの口調。

「ばかだな。嫉妬《しっと》しているの？」

そして言った。

「好きなところを探してみただけだよ。好きになるのとは全然ちがう」

「すっかり長居をしてしまって。お母様とのお約束の、邪魔をしちゃったんじゃないですか？」

帰りがけに、気を遣って編集者が言った。彼の傘は折りたたみ式で、くすんだブルーとグレイの細かいチェックだ。玄関の隅にたてかけられたそれを、彼はゆったりした動作で手にとる。

「いいえ。違うの。いいんです」

私はこたえる。

「あまり行きたい場所ではなかったから」

私が真澄さんに罪悪感を持つのは、たぶん驕《おご》りなのだろう。

夫が小声で歌っている。私も知っている曲だ。あかるいのに物悲しい、ナイーヴなメロディ。ビートルズだということはわかるものの、曲名がでてこない。

今朝も雨だ。薄暗い浴室で、私はバスタブにつかっている。ハンドルをまわしてあける方式の窓をすこしだけあけてあるので、隙間《すきま》から温度の低い外気と、雨の匂いが流れ込んでくる。

夫は剃刀《かみそり》を使っているのだろうか。それとも髪をとかしている？　窓の外の雨音に、夫のハミングがまざる。私は目をとじてそれを味わう。すぐそばにいる夫の気配を、そして、好きな男と共に暮していることの、まじりけのない幸福を味わう。

「まだでてこないの？」

戸があいて、夫が顔をだした。

「すぐに行くわ」

私はこたえる。

「コーヒーはもうできてるはずだから、先にそれをのんでて」

と。了解、と、夫はこたえる。こたえるけれど戸を閉めてでていくことはせず、立ったまま、私をじっと見ている。まるで、見馴《みな》れないものを見るような表情で。

「なあに？」

私は尋ねた。

「いや」

夫はやや口ごもる。

「いや。俺以外の誰が、最近その身体《からだ》に触れたのかなと思って」

と言った。嫉妬ではなく興味を、単純に声に滲《にじ》ませて。

「さあ」

私はこたえる。まるで心あたりがあるかのように、微笑《ほほえ》んでみせる。のばした足の先に、切れたままのバスタブの鎖が、中途半端にぶらさがっているのが見えた。水にさらした玉ねぎをたくさんのせたトーストと、金目鯛《きんめだい》の頭でだしをとった具なしのお味噌汁《みそしる》、という朝食を終え、夫はジャケットを羽織る。今夜も遅くなるけれど、夕方一時間だけ身体が空くんだけど、と、言った。

「カクテル・アワーね」

夫と一緒に摂取する夕方のアルコールを想像し、嬉しくなって私は言う。すでに頭のなかで一日の予定をばらばらにし、新しく組み換えていた。夕方の一時間を中心にして。

「もっとフィジカルにすごすこともできるよ」

夫は言う。

「すてき。ラブホテルに行くの？　それとも会議室に鍵《かぎ》をかけるの？」

どちらでも、と、夫はこたえる。

「すてき」

もう一度言って、私は夫の首に腕をまわした。頬に頬をつけ、皮膚の匂いをかぐ。あと数分で、夫はでて行ってしまう。私の知らない場所に行き、私の知らない人々と会うのだ。そのときの夫は、私の知らない人格をまとっているはずだ。だから私は強く夫を抱く。いま目の前にいる男とは、もう二度と会えないと知っているから。次に会ったとき、彼がちゃんと新しく、私を発見してくれるように祈りながら。

気が狂っている、と、人は言うかもしれない（母ならば、間違いなくそう言うだろう）。でも、私は約束になど頼りたくないのだ。というより、約束になど頼れないことを知っているのだ。原武男が、こわいくらいの率直さで教えてくれたのだから。

午後。きょうは仕事場に行かないことに決め、私は台所でジャムを煮ながら、今度訳すことになった本を、読み始める。とてもほんとうとは思えないほど波乱に満ちた、カラヴァッジョの生涯について書かれた本だ。

「内容が劇的ですから」

依頼に来た編集者は言っていた。

「冷静な訳文が欲しいんです。何て言うか、原文の熱っぽさをひきずらない訳者にお願いしたくて」

私は首を傾《かし》げた。

「原文が熱っぽいなら、訳文も熱っぽくなるわ」

当然のことだ。しかし編集者は「そうかな」と、言った。

「そうかな。柊子さんの訳文は、いい意味でいつもそっけないけどな」

それは意外なことだった。もしもそうであるならば、それは性質なのだろう。文章には——書いたものであれ、訳したものであれ——底流として性質が流れる。避けようがない。たとえば人が情事に溺《おぼ》れるとき、溺れていてさえその人なりの溺れ方をしてしまうのと、それは似ている。

台所じゅうにいちじくを煮る甘い匂いが立ちこめていた。息苦しいくらいだ。

この本の著者は、たしかに大袈裟《おおげさ》な単語使いが好きらしい。形容詞と副詞の多用、類似語の羅列——「絢爛《けんらん》たる、まばゆく目もあやな、華麗この上ない」あるいはまた、「血に染まり、深紅に濡《ぬ》れ、光り、黒々ときらめき」——。私は苦笑し、同時にひき込まれる。奇妙なもの、独特なもの、性質のあらわになったもの、につねにひき込まれるように。

三時間ほど集中して読むと、台所は十六世紀のローマに侵食されている。聖堂や修道院、風変りなヴィッラ、トウモロコシ畑、フェリーチェ水道、そしてコロッセオ。窃盗《せっとう》や喧嘩《けんか》や殺人や——。

本を閉じ、外出着に着替えて化粧をしてもなお、私の頭のなかには馬の蹄《ひづめ》の音が鳴り響いていた。

カクテル・アワーはフィジカルなものにはならなかった。夫が、若い男の子を連れてきたからだ。夫のチームの新人の、「使えない」鶴見くんを。

会社から目と鼻の先にある、アルコールもだすカフェのテラス席で、私たちは三人で軽いお酒をのんでいる。

「原さんは甘ったれなんですね。こんなとこまで奥さんを呼びだしちゃって」

社員証をぶらさげたままの鶴見くんは、おそらく他に言うべきことを見つけられなくて、困ったように笑ってそんなふうに言った。

「この雨のなかをやってきてくれる奥さんなんて、そうそういませんよ」

夫はにやりとし、

「この人はそういう人なんだよ。何も考えてないんだ」

と、言う。鶴見くんの声も夫の声も、テラスにはりだした庇《ひさし》――赤い、布製の庇だ――を打つ雨の音に紛れて聞きとりにくい。まだ六時前だが夕闇《ゆうやみ》が濃い。寛《くつろ》いだ様子の目の前の夫を、私は新鮮な気持ちで眺める。家の外で見る夫は、中で見る夫よりもさらに美しいからだ。

「その証拠に」

可笑《おか》しそうに夫が続ける。

「俺が余計者のお前を連れてきてても、がっかりもしていないだろ?」

ひでえ、と言った鶴見くんの存在は、たしかに何の邪魔にもならなかった。夫にはすべてわかられてしまう。

「ばかばかしいことを言わないで」

儀礼上、私は言った。

「近くまで来たから、ついでに寄ってみただけなんだから」

そしてつけ足す。鶴見くんに向かって、

「お会いできて嬉しいわ」

と。薄いブラウスは湿気を吸って肌にはりつき、水を吸った靴もつめたい。それでも私は夫に会えて嬉しかった。ここが十六世紀のローマではなく現実の東京で、レモンの沈んだジントニックを、夫と一緒に摂取していることが嬉しかった。摂取したものは血肉になる。事実は誰にも消せない。

「この人は、ちょっと目を離すと遠くに行ってしまうんだ」

夫が言い、鶴見くんは首をすくめる。とてもつきあいきれないというように。

「さて。じゃあ私は帰るわね」

立ち上がって、私は言った。

「また身体が空いたらいつでも呼んで」

冗談に似せて本音を吐く。

「おう」

夫は片手をあげてこたえる。私たちは共犯者だ。

その夜、夫は普段に比して驚くほど早く帰宅した。驚くほど早く帰宅して、驚くほど情熱的に私を抱いた。カラヴァッジョの本の著者風に言うなら、情熱的に、力強く、性急に、がむしゃらに、でも、満たされない人のように。

ひさしぶりに彼女に会ったのは、十月も半ばを過ぎてからだった。

「いまミミちゃんが来てね、おもしろいものをいただいたのよ。早く見にいらっしゃいよ」

母が電話をかけてきて、はしゃいだ口ぶりでそう言った。首のガーゼもとれ、元気一杯なのだ。午後遅い日ざしが、仕事場の床に四角くあたっている。

「とってもおもしろいものよ」

母はくり返す。

「そうなの?」

私は笑い、すぐ見に行くとこたえて電話を切った。私と母のあいだでは、ずっと昔からそれが暗黙の決まりだった。「おもしろいもの」は見なくてはいけない。見ること、見て一緒に笑うこと。しかもそれは、つまらないものであるほどいいのだ。どういうわけだか。

母の居間にも、斜めになった日ざしが溢《あふ》れ返っていた。制服姿のミミが、その光のなか、部屋の中央に置かれた椅子《いす》に坐っている。

「こんにちは。お邪魔してます」

私を見ると、にっこりして言った。やはり際立《きわだ》って整った顔つきの子だ。丈の短いスカート、足元に置かれた学生鞄《かばん》。

「私の方がお客様みたいね」

すでに運ばれた椅子と、テーブルに置かれた紅茶茶碗《ぢゃわん》。母は、たっぷり笑ったあとのような顔をしている。

「ほら見て、柊子。これ、ミミちゃんが作ったんですってよ」

橙色《だいだいいろ》の、それは南瓜《かぼちゃ》だった。ハロウィンの飾り用に、目と口がくり抜かれている。

「何ていうモノだって言った？」

母が訊き、ジャコランタン、とミミがこたえる。私はそのまるい大きなものをしげしげと眺める。

「おもしろいでしょ」

母が言い、その口調から、母がそれを変なものだと思っていることがわかる。変なもの、一体なんだってミミちゃんがこれをあたしにくれようとするんだかわからないわ——。

「ほんとね」

私はこたえる。

「おもしろいし、とてもすてきな贈り物だわ」

私たちは三人でお茶をのむ。ミミはときどき長い髪をばさりとかきあげる。でも、それ以外のときは両手をお尻《しり》の下に敷いている。必然的にやや前かがみになり、だからまた髪をかきあげることになる。子供っぽい仕種《しぐさ》で。

ほんの一瞬ではあるが強く、私は自分がミミをまぶしいと思ったことに気づく。ミミの持っているものではなく、持っていないものによる、それはまぶしさだ。

IV

「私の方がお客様みたいね」

入ってきた柊子《しゅうこ》さんは、微笑《ほほえ》んで言った。白いシャツにベージュのスカート、鮮やかなオレンジ色のカーディガンを羽織っている。

「ほら見て、柊子。これ、ミミちゃんが作ったんですってよ」

桐子《きりこ》さんが報告する。

「何ていうモノだって言った？」

尋ねられ、私は「Jack-o'-lantern《ランタンのジャック》」とこたえた。

柊子さんの坐《すわ》っている椅子《いす》は、私が食堂から運んだ。小さなサイドテーブルを囲むかたちで、三人が三角形になるように。そうしておかないと、桐子さんにぴったりくっついた場所に、柊子さんは自分の椅子を置く。私と話していても二人でしょっちゅう顔を見合わせ、笑ったり驚き顔をしてみせたりするために。姉妹みたいに仲のいい二人を眺めることは、おもしろいし微笑ましいことなのだけれど、同時にすこし、居心地が悪い。椅子をわざわざ離して置いておいたことに、柊子さんは気づかなかったようだ。

チョコレートには、きょうもジャムが添えられている。私は以前から訊《き》いてみたかったことを訊いた。

「このジャム、手作りなんですか？」

桐子さんも柊子さんも、台所仕事が好きそうには見えない。でもジャムの入った壜《びん》はあきらかに市販のものと違うし、ラベルの文字は手書きだった。ＦＩＧとサインペンで書かれており、その下にいちじくの絵がついている。

「そう。柊子が煮たの。おいしいわよ」

桐子さんがこたえ、

「柊子はジャムを煮るのが好きね」

と、誰にともなく言った。部屋のなかにはたくさん日があたっている。斜めになった夕方の日ざしだ。

「まぶしい？」

柊子さんに訊かれた。

「カーテン、閉めましょうか？」

私はこのままでいいとこたえた。大袈裟《おおげさ》なほど神々《こうごう》しいこの光は、日の沈む直前の、ほんの短いあいだだけのものだ。あとはすぐ夕闇か夕焼けにとってかわられてしまう。それに、この部屋にその光は、妙によく似合っている。重厚すぎる家具や多すぎる飾り物、古めかしいレースのテーブルセンターや、桐子さんの愛用の、金色のシガレットケース。それらはみな、夕方の光のなかで奇妙に美しく見える。

「ミミちゃんは、学校では何をお勉強しているの？」

桐子さんに訊かれた。即答できなかったのは、どうこたえていいかわからなかったからだ。専門分野を選べる大学生とは違って、私たちはまんべんなく授業を受けなくてはならない。数学から家庭科まで、歴史から体育まで。考えていると、

「英語？」

と、重ねて訊かれた。私は困って、

「はい。英語の授業はたくさんあります」

と、こたえた。

「でも国語も。地理も」

それ以上羅列《られつ》しても意味がないように思えてやめた。すると桐子さんは満足そうにうなずいて、

「それはいいわ。英語と国語と地理。有益なものばかりですよ」

と、言うのだった。

それから桐子さんはレコードをかけてくれた。実際にかけたのは柊子さんだけれど、桐子さんが細かく指示した。「それじゃなくて、ほら、毛皮を着たイラストのついたやつよ」「見つからないわ」「そんな馬鹿《ばか》なことないでしょう？　そのへんにありますよ。つい二、三日前にも聴いたんだから」私は二人のやりとりを、興味深く見ていた。

ようやく見つかったそれはいかにも古そうなシャンソンで、

「ミミちゃんには退屈じゃないかしら」

と柊子さんは言ったけれど、私は気に入った。でだしがふわっと広がって、いきなり部屋の空気の変ったところがよかった。白黒の映画みたいな空気に。フランス語なので歌詞はわからないけれど、何かパリに関する歌だということだけはわかった。その都市の名前が、何度も力強い発音ででてきたから。

「私、この歌好きです。あかるい気持ちになる」

私は言い、紅茶を一口啜《すす》った。紅茶はすっかり冷めてしまっていた。夕暮れ。桐子

さんの部屋にシャンソンが流れる。それを聴きながら、私は遠いことを思いだしていた。遠いこと、子供のころのことだ。

ママも古い歌が好きで、でもそれはシャンソンではなくカントリーだった。パパと別れてニューヨークに引越した直後、ママの車のラジオはいつもその専門局に合わされていた。九歳だった私には、全く理解できない音楽だった。「気持ちわるい」とか「陰気」とか、よくママに言ったものだ。もっとも、それを言うなら、いまだって全然理解できないのだけれど。

ともかくママはカントリーが好きで、テープまで買って、夜に自分の部屋で聴いていた。なかでもくり返し聴く曲があって、私はそれが大嫌いだった。ベッドに入って眠ろうとしているときに、それが聞こえてくると死にそうな気持ちになった。私の部屋にはテレビもラジオもなかったので、聞こえなくするために頭から枕《まくら》をかぶったり、べつな歌を自分で歌ったりしなくてはならなかった。誰の歌かも、何という歌かも知らない。でもがさがさしたおばさんの声で、それはこう始まるのだ。

『いつから飲んでるのかなんて訊くのね。じゃあ話を聞いてよ。私は母で、でもかつては幸福な妻でもあった』

おいおいいって思う。それが、カントリー特有の能天気で気怠《けだる》いメロディにのって流

れるのだ。最後はどんな歌詞かといえば、

『でも、よその女が私の結婚指輪をはめてるの』

何度聞いてもぞっとした。ママはそれを離婚直後にくり返し聴いて、恋人ができると聴かなくなって、別れるとまた聴いた。

それにひきかえ、桐子さんは何て趣味がいいんだろうと思う。パリの歌ならば、すくなくとも無害だ。

「日が暮れちゃったわね」

柊子さんが言い、私はおいとますることにした。

家に帰ると七時をまわっていて、一足違いでママが先に帰っていた。

「遅い」

私を見るとそう言って、こわい顔をしてみせる。きょうはたまたまデートがないだけで、あれば最近はいつも深夜まで帰らないくせに。

でも、私はそんなことは言わない。

「桐子さんのところに寄ってきたの」

大人しく説明した。

「ランタンのジャック、届けたの」

外出着のまま、買ってきた食料品を袋からだしていたママは、動作を急にとめた。

「学校は？」

「行ったよ」

私はこたえる。

「六限目まで、ちゃんと受けた」

ママの肩が、緊張をといたのがわかった。かと思うと、今度はちょっと笑った。

「あんなもの、学校に持っていったの？」

「持っていったよ。いけない？」

いけなくなんかないと、ママはこたえた。喜んでもらえたなら、それはとてもよかった、と。

夕食のあと、ざっと洗った食器を受けとってディッシュ・ウォッシャーに入れる、といういつもの手伝いをしていると、

「美海」

と、ママが言った。

「何？」

おもてでは、秋の虫が気持ちよさそうに鳴き立てている。

「来週の金曜日、ちょっとつきあってもらえる？」

「どこに？」

尋ねたけど、そのときにはたぶん、返事を予感していた。

「後藤さんがね、美海に会いたいって」

たいしたことじゃないのよ、と、ママは言った。ただみんなでそのへんで、ごはんでも食べましょうっていうだけなんだから。

「そのへんって？」

「さあ。上野とか？　わからないけど、どこかそのへんよ」

場所が問題なわけではないことはわかっていた。

「いいよ」

私はこたえる。素直に、でもかなり冷淡に。

昼休み、ロッカーに腰掛けてお弁当を食べていると、クラスメイトが二人近づいてきた。顔と名前はもちろん一致するけれど、ほとんど話したことのない子たちだ。

「お弁当、どうしていつもそこで食べるの？」

た　く　ら　が

一人に訊かれた。

「ここが気に入ってるの」

こたえると、二人は顔を見合わせた。

「根岸さん、映画が好きなんでしょう？　やっちんに聞いたの」

最初とは違う子の方が言い、最初の子が横から、

「今度一緒に行かない？　私たちも映画が好きなの」

と、続けた。ロッカーの上から、私は二人を見おろす。彼女たちは腕をからめ合っていた。それぞれ足を交差させて立ち、互いに相手に寄りかかるようにして、照れくさそうな、媚《こ》びるような笑みを浮かべている。ぐにゃぐにゃした子たちだ。

「趣味、合わないと思う」

私が言うと、キッカイなものを見るように私を見た。

「ごめんね。でも、誘ってくれてありがとう」

はっきり言ったのに、二人ともその場を離れようとしない。固まっている。私はどうしていいのかわからなくなった。まだ何かあるの？　そう尋ねるつもりで眉《まゆ》を上げてみせた。二人はまた顔を見合わせる。

「おじゃまささま」

そして、一人がそう言った。去っていく二人の後ろ姿を見ながら、私は胸の内で子供のように「イーッ」と渋面《じゅうめん》をつくった。くねくねくっついて誘いに来るなよ、と、思う。ああいうの、嫌いなのだ。そして考える。彼女たちは私を、滅茶苦茶に感じがわるいと思っただろう、と。

放課後、まっすぐ帰ってもよかったのだけれど、ヒルズのギャラリーをぶらぶらして、ついでにパパの事務所に寄ってみた。「現場好き」といわれているパパは千葉県にいるとかで不在だったけれど、留守番スタッフの真理《まり》さんがいて、コーヒーをだしてくれた。

「ひさしぶりね」

にこやかに言う。ブラインドが上げられていて、窓から六本木の街が見える。

「美海ちゃん、また背がのびた？」

この前真理さんに会ったのは逗子《ずし》でだった。パパや亘くんや、他のスタッフの人みんなで鰻《うなぎ》を食べて、砂浜で花火をした。たった三カ月前だ。

「のびない」

私はこたえる。

「ていうか、わからないけど、こんな短期間じゃのびないでしょう？」

「それはそうね」

真理さんは言い、ちょっと笑う。

「制服のせいかな。大人っぽく見えたの」

私は何も言わなかった。二十七、八だろうか。真理さんはショートカットで、丸顔でかわいい。おしゃれで、きょうはマリンぽいボーダー柄の長袖《ながそで》Tシャツに白いジーンズ、首に赤いチーフを結んでいる。帰国したばかりのころ、ママはしきりに「あやしい」と言っていた。勿論《もちろん》パパとの関係のことだ。

「クッキー食べる?」

真理さんが台所から持ってきたのは長方形の白い缶で、私たちは頭を寄せ合って、何だか賑《にぎ》やかに――「これラスクかな」「このお花形のかわいい」「これはチョコレートだよね」――好きなものを選んだ。

「パパに電話してみる?」

提案したのは私だった。パパとも夏休みの博多以来会っていなかったし、先週ママの恋人に会ったせいか、なんとなく声が聞きたかったのだ。真理さんはほとんど反射的に壁の時計を見る。

「五時か。大丈夫かもしれないわね」

そのときにはもう、私は携帯電話をひらいていた。

パパはすぐ電話にでた。登録してあるので私からだとわかっていて、「もしもし」と、そっけない声をだそうとした。「美海」短く名乗ると、「どうした？」と返る。パパの声は、やや高くて硬質だ。ぶっきらぼうに話す。「いま事務所にいるの。真理さんと一緒」再び、「どうした？」「どうもしないよ。いま話していて大丈夫？」パパは大丈夫だとこたえた。「ちょうどタクシーに乗っているところだから」と言い、「海沿いの道を走ってる」と続けた。真理さんが席を立った。つながっている台所ではなく、ドアできちんと隔てられた部屋に入ったのは、きっと気を遣ってくれてのことだろう。「どこに向かってるところ？」「駅」「いま何が見える？」「海」「ほかに」「市場。空。釣堀の看板。米屋」私は想像した。「どうしてる？」と訊かれたので、「元気」と、こたえる。仕事机やコピー機や、予定の書かれたカレンダーを見ながら。

ママの恋人に会ったことを、私は言わなかった。

「今度亘くんといつ会うの？」

かわりにそう訊《き》いた。

「いつって、特に予定はないよ。お前の方がよく会ってるんだろう？」

うん、と、認めた。

「でもパパ達が会うときも誘って。バーでもいいよ」

「バー？」

「クラブとか」

パパは笑って、

「行かないよ、そんなとこ」

と、言った。なんだ、つまらない。

「私ね、最近、すこしならお酒がのめることがわかったの」

まができた。まができたけど、

「ふうん」

とこたえたパパの声には、非難は込められていなかった。意外そうな、おもしろがるような、響きが籠《こも》っていただけだ。

後藤さんと会った場所は上野だった。窓にレースのカーテンのかけられた小さな洋食屋に、その人は先に来て坐《すわ》っていた。ママと私が入っていくと、読んでいた本から顔を上げた。そして立ち上がった。年寄りだ、というのが私の思ったことだ。中肉中背、眼鏡、白髪《しらが》頭。

こんにちは、はじめまして。互いに言い、席についた。席は私が後藤さんの向いで、私の隣がママ。坐ってすぐ、おしぼりと水が運ばれてきた。ママはどちらについても紹介の言葉など発せず、ごく普通のデートみたいに後藤さんに微笑《ほほえ》んで、「ああ、お腹《なか》すいた。ここは何がお薦めなの？」と、訊いた。

私はほとんど喋《しゃべ》らなかった。質問されればこたえたけれど、それだけだった。ママと後藤さんも、会話が弾んでいるというふうではなかった。恋人というより、長年連れ添った夫婦みたいに見えた。ルーとのときも、そんなふうだったことを私は憶《おぼ》えている。

いったん恋人ができると、ママは私に隠し事をしない。泊ったら泊ったと言うし、喧嘩《けんか》をしたらしたと言うのだ。だから私は後藤さんのことも、会う前からいろいろ聞かされていた。出身が新潟で、新潟の両親に、ママとの交際を——ママはその人たちに会ったこともないのに——反対されている、ということも。

私には勿論《もちろん》理解できない。後藤さんの両親って、そもそも幾つなんだろう。本人があんなに白髪頭なのだから、きっとおじいさんとおばあさんだろう。

夜。きょうはママが夜勤なので、私は一人でDVDを観《み》ている。「ドッグ・ショウ！」は、何度観ても笑える映画だ。観終ってお風呂《ふろ》に入り、ジャスミン茶をいれて二階に上がろうとすると、ママから電話がかかった。

「ちゃんと家にいる？」

と、言って。いることがわかると、ママはあっさり電話を切った。

「それならいいの。じゃ、おやすみなさい」


パパと別れたあと、ママが最初につきあった相手は三上先生だった。三上先生は、私が土曜日にだけ補習に通っていた日本人学校の先生だった。学校の壁はくすんだピンク色で、老朽化してひび割れていた。枯れ木の植わった校庭——なぜだろう。記憶のなかで、それはいつも枯れ木なのだ。冬の印象ばかり強い——に面した一階に、遊戯室があった。プレイ・ルームと呼ばれていたその部屋で、生徒は放課後、遊びながら、家族やシッターさんが迎えに来るのを待った。

私はその学校があまり好きではなかった。先生もスタッフの人たちもやさしかったけれど、そこに行くと、なんとなく侘《わ》びしい気持ちになるのだった。普段通っている小学校とは違って、髪の色も肌の色もおなじ子供たちばかりがいた。私には、そのことがすこし恐《こわ》かったのだと思う。日本人だけ集められているということが。あのときにはわからなかったのだけれど、いま思いだしてみるとわかる。あそこは小さな日本だったのだ。そして、ママはそこで三上先生と出会った。先生にもう一人恋人がいたことがわかったとき、ママは激怒し、どちらか一方を選ぶように先生に迫った。先生は――たぶん正直な人だったのだろう――選べないとこたえた。私もそこにいたので知っているのだ。

私たちは、ママの大学卒業を待って、ニューヨークに引越したのだった。

待ち合わせ場所は、前回とおなじく銀座のホテルのロビーだった。銀座なら家から地下鉄で一本なので、私にとって便利だからだ。学校が終ってすぐに一度家に帰り、着替えてママに手紙を書き、またでてきた。宿題があったけれど、六時限目をさぼって図書館で片づけておいた。夜に約束があると、昼間のいろいろなことが捗《はかど》る。捗るというか、一つずつが意味を持つようになる。それは発見だった。一日には昼と夜があり、昼と夜はつねに対になっているということ。

早く着いたので、私はホテル内のドラッグストアをのぞいたり、フロントにいる人たちの働きぶりを観察したり、世界のあちこちの時間がわかる、地図になった時計を眺《なが》めたりしていた。

「待たせたかな」

声と一緒に、原さんが私の横に立った。ハイネックのセーターは紺色で、手に持ったジャケットと、ずぼんは黒だ。

「私が早く着いちゃったんです」

こたえて、ドラッグストアの袋をかかげてみせた。

「時間があったから、お買物もしちゃった」

袋の中身は、缶に入ったハッカキャンディだった。私はそれを、ママへのお土産に買った。

ホテルの前からタクシーに乗り、原さんは運転手に、「世田谷に行って下さい」と告げた。世田谷――。それは私にとって、「リー・メロン」のある街だ。

原さんと食事をするのは、きょうで三度目になる。一度目は、ママに映画の試写会をドタキャンされたときだった。お鮨《すし》をご馳走《ちそう》になった。私は生れて初めて日本酒をすこしのんだ。原さんは、大人が子供を相手にするときによくするように、私のことをあれこれ尋ねたりはせず、自分のことを話した。自分の仕事のことや、自分の好きな映画のことを。私は話すより聞く方が好きなので――そして、原さんの話はいちいち興味深くおもしろかったので――、とてもたのしかった。さび抜きではなくして食べたお鮨も、おいしかった。食事がすむと、原さんは家までタクシーで送ってくれた。

携帯電話の番号を交換して別れた。

「また会おう。お母さんによろしく」

原さんは、タクシーの窓を半分だけあけて、そう言った。道に立ってタクシーを見送っていると、それがまだ視界から消えないうちに電話が鳴った。

「退屈したら電話してくれていいよ」

低い声がそう言うのを聞いて、私は笑ってしまった。

「それだけ言うために電話くれたの？」

短い沈黙のあと、原さんは、

「うん」

と、認めた。私はまた笑ったが、今度のは、声を伴わない微笑になった。会っているときの原さんは大人っぽいのに、電話での原さんは子供っぽい。そう思った。

その後、言われたとおり退屈したときに、二度電話をかけたけれど、二度とも留守番電話だった。役に立たないなあ、と思っていたら、何日か経《た》ってからコールバックしてくれて、食事に誘われたのだった。

二度目のデート——と言っていいと思う。恋人ではなくても、男女が約束して二人で会う以上は——も、ちょっとびっくりするくらいたのしかった。ボストンでしょっちゅう遊びに行っていた家の老夫婦のことを、気がつくと私は話していた。話しながら記憶がどんどんよみがえり、忘れていたことまで思いだしてすこし興奮した。自分の記憶に自分で興奮するなんて変だけれど。

原さんは原さんで、自分の知っているボストンの話をした。新鮮で濃厚な牡蠣《かき》を食べさせるオイスター・バーの話。そこでは、みんなカウンターで、立ったまま何ダースもの生牡蠣を食べているのだという。白ワインで喉《のど》をうるおしながら、ひたすら。

原さんはそこに、弟さんと弟さんの彼女と三人で行った。二十年くらい前のことだそうだ。当時、弟さんはあの街の大学に留学していた。彼女はカナダ人で、タマラという名前だった（原さんは、猫と怪獣が混ざったみたいな、変な名前だと思ったらしい）。原さんが滞在しているあいだ、三人は一つのフラットで寝起きしていた。それは、すでに就職していた原さんにとって、「突然学生時代に戻ったみたいに気儘《きまま》な」夏休みだったという。

奇妙なことに、私は自分がまだ生れてもいなかったころのその話に、なつかしさを感じた。違う。全然なつかしいわけじゃなく、何だろう、私の記憶と原さんの記憶が勝手に共鳴し合って、なつかしさが増幅するのを感じた。それも、興奮することだった。原さんと話していると、ふいに、私は興奮してしまう。たぶんそれがたのしいのだ。知らなかった人を知ること、自分の人生が、誰かのそれとつながること。

タクシーは高速道路をおりた。原さんはとても簡潔に、運転手に道順を説明している。車に乗ってすぐ、原さんは、最近つくった番組の話をしてくれた。ウィリアム・モリスという人をめぐる番組で、その人は、美しいものをただ観賞するのではなく生活そのものに結びつけよう、と考えたのだそうだ。その発想の神々《こうごう》しいまでの素直さに、原さんは自分でも驚くほど胸を打たれた。

「だってさ、平凡な発想じゃないか」

可笑《おか》しがる表情でそう言った。

「まさに天才的な素直さだよ」

車が止まったのは、暗い地味な道だった。外壁を真赤に塗られた一軒の店だけが、幾つもの提灯《ちょうちん》をぶらさげていて賑やかにあかるい。意外な気がした。原さんに連れていかれた店は、いまのところ二軒とも、静かで清潔な、いかにも高級な感じの店だった。ここは随分趣《おもむき》がちがう。怒鳴るみたいな中国語訛《なま》りの声が、食欲を刺激する複雑な匂《にお》い——ショウガ、胡麻《ごま》油、名前のわからない種々雑多な香辛料、それにたぶん、蒸籠《せいろ》を使った蒸しものの匂い——と共に、店の外にまで聞こえてくる。

「怒鳴ってるの？」

ぎょっとして思わず呟《つぶや》くと、原さんはにっこりして、

「大丈夫、きみに怒鳴っているわけじゃない」

と言って扉を押しあけてくれた。

びっくりするのは、でも、まだ早かったのだ。入ってすぐ目の前のテーブル席に、柊子さんが坐っていた。騒音なんて聞こえないみたいに、優雅といっていい姿勢で。柊子さんの視線がまず私をとらえ、ほんの一瞬だったけれど、私のうしろに向けられたのがわかった。ちゃんといるかどうか、たしかめるみたいに。

「こんばんは」

言葉も笑顔も、私に向けられていた。隣で上着をハンガーにかけようとしている原さんの存在は、気にもとめていないかのように。

「こんばんは」

仕方なく、私は言った。不機嫌な声になってしまったのは、不機嫌だったからだ。

「あなた、もしかして私が来ることをミミちゃんに言ってなかったの？」

柊子さんが、むしろ驚いたように原さんに言う。

「え？　ああ、うん、びっくりさせようと思ってね」

原さんはこたえ、小さな木製の丸椅子《まるいす》に腰掛けて、笑顔で髪をかきあげた。それか

ら私の方を向き、

「柊子はきみが好きでね」

と、言う。

「僕がきみに会えたのも柊子のお陰だから、たまにはまぜてやらないと」

何をのみたいか誰にも訊《き》かず、ビール二つとウーロン茶一つを、原さんは注文した。

「でもね、ミミちゃん、あとでここの紹興酒《しょうこうしゅ》を試してみるといいよ。ほんのすこしでいいから、ぜひのんでごらん」

私は返事をしなかった。だって、そんなのは変だと思ったから。紹興酒はのんでみたかったけど、そして、ウーロン茶も、私が訊かれた場合のこたえとおなじ選択だったけれど。

食事のあいだじゅう、私はほとんど喋らなかった。原さんは、「さっきの続きだけど」と言って、ウィリアム・モリスの話をした。彼の友達だった別の画家の話や、何とかという名前のガラス工芸作家の話も。美術が専門の柊子さんは、積極的に発言した。でも、それらはみんな、私への補足説明みたいだった。そのあと話題は中国の食文化に移り、中国語に移り、なぜだかアメリカ人のメンタリティに移った。

「どう思う?」

私がアメリカに住んでいたからだろう。柊子さんが訊いた。

「さあ」

ザーサイをのみこんで、私はこたえた。

料理は、どれもこれもおいしかった。豆苗《とうみょう》の炒《いた》めものが一皿目で、上海《シャンハイ》おこげが最後だった。勿論あいだにいろいろでた。紹興酒も運ばれたけれど、私は欲しくないと言った。

おもてにでたのは九時すぎだった。原さんは送ると言ったけれど、私は電車で帰るからいいですとこたえた。これには、でも柊子さんが反対し、結局私は原さんと一緒に、タクシーに押し込まれてしまった。

「柊子も乗れよ。おなじことなんだから」

原さんは言ったけれど、柊子さんは首をふった。

「仕事もあるし、私は先に帰ってるわ」

奥に乗った私は、そのやりとりのあいだに鞄《かばん》からイヤフォンをだし、プレイヤーのスイッチを入れた。スティングの声。柊子さんが私に何か言っているみたいだったので、片耳だけイヤフォンをはずす。

「会えて嬉《うれ》しかったわ。またきっとママのところで会えるわね」

私は「はい」とこたえた。「ごちそうさまでした」とつけ足して、会釈《えしゃく》もした。ドアが閉まり、車が動き始める。

運転手に行き先——私の家——を告げたあと、原さんはしばらく無言だった。私も無言でスティングを聴いていた。でもヴォリウムをしぼりぎみにしてあったので、原さんがため息をついたのも聞こえたし、身じろぎしたのもわかった。するといきなりイヤフォンをはずされた。そっと。もすこしでも乱暴にはずされていたら、全然ちがっていただろう。私は怒鳴ったかもしれない。でもそっとはずされて、私は泣きたくなった。なぜだか。

それでもそもそも怒ってはいたので、原さんをにらみつけた。

「ごめん。怒るとは思わなかったんだよ。きみと柊子は仲がいいんだと思ってたから」

腹立たしさに、身体の空洞の部分——どこだろう。気管とか? 子宮とか?——がいっぱいになり、なお湧《わ》き上がろうとするそれと、私はしばらく戦わなくてはならなかった。

「柊子さんのことは嫌いじゃないです」

私は言った。

「でもあんなのは……」

言葉を探す。全力で探した。そして、みつけた。

「馬鹿《ばか》にされた気持ちがするわ」

挑むように原さんを見た。次の瞬間、あろうことか原さんは笑った。ひっそり、でもたのしげに。

「それは……」

沈黙がはさまったので、この人も言葉を探しているのだとわかった。

「それは申し訳なかった」

そんなつもりはなかったのだと原さんは言った。ほんとうに申し訳なかった、と。

「もういいです」

お詫《わ》びのしるしに一杯、もちろんお酒じゃなくソフトドリンクを、健全な店で奢《おご》らせてもらえないかと言われた。誓って言うけれども不行き届きなことはしないし、その方がよければファストフード店にしよう、と。私はきっぱりお断りした。

家に帰ると、ママはまだ帰っていなかった。オフにしていた携帯電話の電源を入れると、「どこにいるの？」という内容の、ママからの電話が二件とメールが一通入っていた。ママ宛《あ》てに書いておいた置き手紙を、私は丸めて屑籠《くずかご》に捨てた。

ハッカキャンディの缶を、鞄からとりだしたときには悲しくなった。これを買ったときには、とてもたのしい気持ちだったのだ。

翌朝、私はママにこんこんとお説教された。あのあとすぐママの携帯に電話をかけて、帰ったことを伝えはしたのだけれど、それでは勿論《もちろん》遅すぎたのだ。勤務中は電話にでられないはずのママが――だから私はメッセージだけ残すつもりだったし、たいして心の準備もせずにかけてしまったのだった――、その電話にはいきなりでた。怒りのこもった小さい声で、あした話しましょう、と、ママは言った。学校には遅刻しても構わないから、ママが帰るまで待っているように、と。

帰ってきたママに、私はほぼすべて正直に話した。ほぼすべてというのは、自分が腹を立てたことは除いて、という意味だ。事前に話しておかなかったことは何度も謝ったし、もう二度と、学校と自宅以外の場所で携帯電話の電源を切らないと約束した。それでも、ママの怒りはおさまらないようだった。私が「始終街をぶらぶらしてる」ことや、「よそのお婆《ばあ》さんの家にあがりこんだりする」ことにも言及した。

途中から、私は喋《しゃべ》る気がしなくなった。謝る気も、何かを説明する気も。それで、ただママの顔を見ていた。ぼんやり。そして、きょうはもう学校に行きたくないなと考えていた。学校には行きたくないし、家のなかにもいたくない。

「ともかくね、ママは美海に、もうその夫婦に会ってほしくないわ」

ママのブラウスに染《し》みがついていることに私は気づいた。ストッキングが伝線していることにも。

「あなたには昔から、人を信じやすいところがあるのよ。とくに年上の人を」

それはママでしょう？ と私は思う。何回泣いても、すぐにまた信じちゃうじゃないの。

「わかったの？」

ママに訊かれ、私は、

「わからない」

とこたえた。

「きのうのことはごめんなさい。でもあとのことは、わからなかった」

ママは私を見て、それから天井を見た。

「いいわ、それならもう」

疲れた声で言う。

「わかった」

私も応じた。何がわかったの、と訊かれたら、それならもういいんだってことが、とこたえるつもりだったけど、ママは訊かなかった。かわりに、

「まっすぐ帰るのよ」

と、言った。

玄関をでるときには、そんなことをするなんて考えてもみなかった。ただ外にでたかっただけだ。学校に行く気はなかったので、「リー・メロン」か図書館に行くか、あるいはただ歩いたり、電車に乗ったりするだけでもいいつもりでいた。晴れたおもてにでて、ひきしまった冬の空気を吸い、落葉を踏んで歩き始めた途端に、どうしても原さんの声が聞きたくなった。パパでもなく亘くんでもなく、あの原さんの声が。

かけてみたけれど通じなかった。半分は予期していたことなので、がっかりはしなかった。またあとでかけよう。そう考えるとむしろうきうきし、私は図書館に向かった。ママの夜勤あけの日はいつもそうするように、駅前のパン屋でサンドイッチを買い、電車に乗った。

気長に待とうと思っていたのに、電話は思いの外《ほか》早くつながってしまった。

「やあ、ミミちゃん」

原さんが「はい」も「もしもし」も抜きでそう言ったとき、私は公園のベンチに坐《すわ》っていた。図書館に入る前に、早目のお昼を食べることに決め、その前に一応、と思って電話したのだった。

「こんにちは」

私は言った。

「いま、話しても大丈夫ですか？」

青い空だ。すこし離れた場所で、足元の覚束《おぼつか》ないほど小さな子供が、お母さんに手をひかれて池をのぞきこんでいるのが見える。

「大丈夫だよ。機嫌が直ったのかな。それとも退屈しているだけ？」

「その両方」

私はこたえた。

「それから他に、あと二つ」

「……たくさんあるんだね」

「四つよ」

私は訂正した。

「一つ目は、きのう怒ってごめんなさい。二つ目は、たしかに退屈しているの。三つ目は、誤解してほしくないと思って」

原さんが何も言わなかったので、私はそのまま続けた。

「この次にもしごはんに誘って下さるときは、柊子さんもまた誘って。三人の方がたのしいし、きのう怒ったのは何ていうか、急だったからだと思う。びっくりしたっていうか」

電話の向うで、原さんの微笑《ほほえ》む気配がした。次いで、

「わかった」

と言うやわらかな声。私は安心する。わかってもらえるというのは大切なことだ。ゆうべ、私は自分が腹を立てた理由について何度も考えてみた。お風呂《ふろ》に入っているあいだも、歯を磨いているあいだも、ベッドに入ってからも。

「それで、四つ目は？」

尋ねられ、

「声がききたかったの」

と、こたえた。自分でも意外なほどあっさりと、言葉は口をついてでた。どきどきもしなかったし、きまり悪くも感じなかった。

「それは光栄だな。僕もきみの声をききたいと思っていた」

ゆうべ何度も考えて、認めざるを得なかった。私はきのう、原さんと二人で会いたかったのだ。

「二つ目だけが未解決だね」

原さんは言った。

「どこにいる？　昼めしでもどう？」

喜びが、もくもくと湧きあがった。

「諾《だく》」

最近覚えた言葉を使ってこたえると、原さんはまた、笑った。

木枯らし。東京の秋は暖かい、というのが私の実感だったけれど、十一月も終りになると、さすがに空気がつめたい。ママが言うには、昔は東京の秋も冬も、もっとずっと寒かったらしい。

夕方の商店街は賑《にぎ》やかだ。果物屋の店先は色とりどりだし、肉屋からは揚げ物の匂《にお》いが漂ってくる。光をこぼしている薬局、隣には整骨院、その隣はパン屋。まだ五時をすぎたばかりなのに、夜みたいに暗い。私は足を速め、信号を渡って角を曲がり、住宅地に入る。住宅地といっても、このへんにはまだお店もぽつぽつまざっている。

酒屋、ブティック、喫茶店、そして、古着屋。

亘くんはレジカウンターのうしろで雑誌を読んでいた。ラジオからは古くさいポピュラーソング。私を見ると雑誌を閉じて、うす、と言った。店のなかはとてもあかるい。ヒーターの他に、加湿器も置いてあって稼動《かどう》している。

「コート、だいぶ充実したね」

ひととおり見回して、私は言った。Pコート、ダッフルコート、重々しいアーミーコートまである。

「ショウケースの中身は変らないんだね。腕時計とライターと、ターコイズのアクセサリー」

この店に来たのはひさしぶりだった。亘くんの髭《ひげ》と全身のかたち、言葉じゃなく発散される雰囲気のようなもの、に触れるのもひさしぶりで、懐《なつ》かしくどきどきした。

「元気だった？」

あまり関心のなさそうな口ぶりで、亘くんは言った。いつもそうなのだ。つめたいというのじゃないんだけれど、そっけないというか、ぶっきら棒。

「うん」

私はこたえる。

「お店閉めたら、一緒にごはん食べられる?」

Tシャツを物色しながら訊《き》くと、

「涼子《りょうこ》さんがオーケーだせばね」

と、言われた。

「関係ないじゃん」

ふくれっつらをしてみても、憎らしいことに亘くんは微塵《みじん》も動じない。

「あるじゃん」

あっさりと、そう返されてしまった。

「いいから涼子さんに電話して、そのあとセール品のスタンプ押すの手伝ってよ」

仕方なく、私は言われたとおりにした。途中で何組かお客が来た。四十歳くらいの女の人が、本人はシックというかコンサバティブな服装なのに、ものすごくサイケな、オレンジと赤と黄色、それに緑の、フリル+《プラス》パッチワークの男物のシャツを買ったのでびっくりした。誰が着るんだろう。恋人? それとも夫だろうか。弟とか? あたりまえのことだけれど、他人だから想像がつかない。

「ありがとうございました」

亘くんは淡々と見送る。

もともと静かな店のなかが、お客さんが入ってくると余計静かになることに、私は気づく。店内を歩きまわる靴音とか、人の息遣いとか、ハンガーが一方に寄せられてぶつかる音とか、私の押すスタンプの、つた、と聞こえるかすかな音とかが際立《きわだ》つ。たぶん緊張感のせいなのだろう。人の数や動きが増えるほど静かに思えるなんて、奇妙なことだなと思う。

お客さんがでていくと、途端に店のなかの空気がほどける。私は心おきなくつた、つた、つた、と、スタンプを押す。亘くんは私に用事をさせておいて、自分では雑誌を読んでいる。なみなみになった厚ぼったいガラスから、見えるのは夜の暗さだけだ。

私は、自分と亘くんが二人で、この小さな店のなかに閉籠《とじこも》っているみたいに感じる。吹雪の夜に、インガルス一家が暖かな家のなかで身を寄せあい、お母さんが縫いものを、お父さんが家具の修理をしている図とか。

「落着くね、ここ」

私が言っても、亘くんは雑誌から顔も上げずに——頁《ページ》をめくる、乾いた音——、

「そうか？」

と、こたえるだけなのだけれども。

閉店後に連れて行かれたのは、またしても近所の焼肉屋だった。

「まただこ？　デートに工夫がないと、彼女に飽きられちゃうよ」

憎まれ口をたたいたけれど、お腹がすいていたので焼肉は嬉しかった。匂いと煙、騒々しさ。亘くんと二人で、猥雑《わいざつ》な世間にでてきたっていう感じ。

「高級な鮨屋《すしや》とか？」

亘くんが言い、ママから――あるいはママ経由でパパから――原さんのことを聞かされたのだとわかった。

「なにそれ」

いきなりとても腹が立った。大人たちがぐるになるのって大嫌いだ。幼稚だと思う。くねくねくっついて人を誘う、女子高生みたい。

「今度こそ、関係ないと思いますけど」

私は丁寧語で言ってやった。言ってやったけど、亘くんはそれには注意を払わず、店員を呼んで注文を始める。ビールとウーロン茶、グリーンサラダ、レバさしとハラミ、ロース、タン……。

とりあえずそれで、と言って笑顔でメニューを返したあと、表情の読みとれないいつもの顔に戻って、

「涼子さんが心配してたよ」

と、亘くんは言う。

「何を?」

尋ねたら、黙った。いやな沈黙だ。わかってるんでしょ、という顔つきもいやだ。

「心配することなんてなんにもないよ」

私の方から口をひらいてあげたのは、勿論《もちろん》相手が亘くんだからだ。

「言っておくけど、ママの心配なんてとんちんかんで、全然ちがうんだから」

「何が、何とちがうの?」

「ママの心配が、現実と」

のみものが運ばれ、亘くんはビールに口をつける。

「じゃあ、現実はどんなふうなの?」

尋ねて、煙草《たばこ》をくわえて火をつけた。私ははじめて、亘くんのその仕草をいやだと思った。時間かせぎというか、余裕かせぎみたい。ママと違って、私は煙草に偏見は持っていないつもりなんだけれど。

「あのね」

一拍おき、私はこう説明した。

「気が合うの。一緒にいて楽しいと思うの。たぶん原さんもそうだと思う。でもそれだけなの。ママは男の人をすぐ好きになっちゃうから、それでそうなるとべったりになっちゃうから、誰でもみんなそうなると思ってるのかもしれないけれど、ちがうこともあるでしょ」

　説明しながら、私は亘くんが聞いていないような気がした。ちがう。聞いているんだけれど聞こえていないような気がした。シャッターの降りている店の前で、何かを説明しているみたいな空《むな》しさだった。そのあいだにも肉はどんどん運ばれてきて、網の上でじゅうじゅう焼かれていった。焼き上がると、亘くんはそれを私のお皿に移し、「レモンで」とか「そのまま」とか、おいしい食べ方を指示してくれた。

　原さんとは、来週会うことになっている。柊子さんも一緒にだ。この前二人でお昼を食べたとき、そう決めて私は手帖《てちょう》に書き込んだ。原さんの会社のすぐそばの、オープンエアになったカフェで。

　柊子さんや桐子さんとおなじで、原さんも私に、学校はどうしたのかと訊かなかった。私たちはただ一緒にお昼を食べて、天気がいいねとか、このあいだは柊子に叱《しか》られてしまったとか、私もママに叱られたとか、話しただけだ。一緒にいた時間は、一時間もなかったと思う。「じゃあ」そう言って別れた。わざわざ会社のそばまで来てもらっちゃって悪かったね、と原さんは言わなかったし、お仕事ちゅうにおじゃましてすみませんでした、と私は言わなかった。あたりまえみたいに、ただ会って別れた。とても気持ちよく、自然に。

私は思うのだけれど、あの一家はみんな、目の前にいる人間を目の前にいる人間としてしか見ないのだ。年端《としは》のいかない子供としてではなく、かといって柊子さんみたいな大人の女の人としてでもなく、根岸美海としてだけ、だから私は存在できる。はっきりと、確実に。その証拠（たぶん）に、原さんはしばしば私に、「不行き届きなまねはしないから」と言う。あれは原さんの意識的な言いまちがいで、というか、わざと曖昧《あいまい》にした言葉選びで、不届きなまねはしないから、と言っているのだと私は思う。一家揃《そろ》って正直なのだ。

でも、それを亘くんに説明することは不可能に思える。

「今度、原さんに会ってよ」

それでそう言ってみた。

「いやだよ。何で俺がそんなオヤジに」

即答だった。がっかりした。亘くんのシャッターは、今夜やっぱり閉じているのだ。

原さんなら亘くんにぜひ会ってみたいと、本心からこたえるに決まっていた。会ってどう感じるか、自分で確かめずに一体何が言えるというのだろう。

「亘くん、前はそんなふうじゃなかったのに」

かなしい気持ちで私は言った。

「前って？」

あきれた。ほんとうにわからないのだろうか。

「単なる帰国子女の私と、パパの娘だっていうだけでちゃんと会って話してくれたし、閉じてなかったたってこと」

「いまだってちゃんと会って話してるでしょ」

ちゃんとじゃない、と私は思った。

「桐子さんのことを話したときは、会いたいって言ったじゃない。そんなおもしろいおばあさんなら会ってみたいって自分から言って、招待されてもいないのに一緒に遊びに行ったのに」

それとこれとは話がちがうでしょ、とか何とか亘くんは言いかけたけれど、私は聞いていなかった。かなしいのともどかしいのがいっぺんにきて、亘くんのビールをとって、ごくごくとのんだ。

「ばっ」

大袈裟《おおげさ》に驚いた声をだし、ばかのかも言い忘れて硬直している亘くんの目の前に、ごん、と音をたてて、ビールジョッキを置いてあげた。

日曜日。ママは朝から掃除に余念がない。トイレ掃除から始めて階段と廊下の雑巾《ぞうきん》がけを終え、いまは全部の部屋のカーテンに、掃除機をかけている。それで、私の担当はお風呂《ふろ》掃除と窓ガラス拭《ふ》き。手分けしてすればすぐ終るから、と、ママは言う。考えてみれば、私は随分小さいころから、ママにそう言われながら育ってきたのだ。手分け。へんな言葉だなと思う。私とママの、四つの手。

来週から学校では期末試験が始まる。試験用の勉強なんて、しなくても全然問題がない、と言えたらいいのだけれど、あいにく私は成績が悪い。まいったなあ、と思いながら、庭に持ちだした脚立《きゃたつ》に乗って、ガラス窓を磨いている。曇り空で、気温は低い。冬薔薇《ふゆばら》が幾つか咲いている。芝は枯れていて、雪柳は葉をすっかり落としている。

カーテンを終え、床にとりかかっていたママが掃除機を止め、電話にとびつくのが見えた。サッシ窓は閉まっているし、私はイヤフォンをつけて音楽——フィービ・スノウ——を聴いてもいて、声は聞こえなかったけれど、ほろほろっと表情をほどくみたいなママの笑顔と、そのあとの行動――子機を持ったまま二階にあがった――で、恋人からだとわかった。いやなわけではないけれど、気がつくと私はため息をついていた。窓に背を向けて脚立に坐《すわ》り、イヤフォンをはずす。どこか、たぶん近くで、カラスが鳴くのが聞こえた。

「亘くんのお母さんが、ママに会いたいって」

あの日、帰って亘くんに頼まれた言葉を伝えると、ママは不思議そうな顔をした。

「さやかさんが？　どうしてだか、亘くん言ってた？」

知らない、とこたえたけれど、ほんとうは知っていた。

「そうそう、涼子さんに、お袋が会いたがってたって伝えて」

渋谷経由で恵比寿《えびす》まで、電車で私を送ってくれたあと、別れ際に亘くんはそう言った。

「涼子さんが再婚するかもしれないって、根岸さんから聞いたらしくってさ」

再婚なんて私は何も聞いていないし、パパも軽々しくそんなことを言うべきではないと思ったけれど、私は何も言わなかった。

「わかった」

とだけこたえた。そういうことになる可能性も、あるのかもしれないと思いながら。

戻ってきたママは、窓をあけて、

「ほら、さぼらない」

と、元気よく言った。

「そこだけやっちゃったら、あとは夕飯までお部屋でお勉強していいから」

黒いセーターに焦《こ》げ茶色《ちゃいろ》のスウェットパンツ、化粧っ気はないけれど、ママの表情は生気にみちている。


その日は、現国と物理の試験があった。二教科だけで早く帰れたので、翌日の準備を真面目《まじめ》にした。一夜漬けでさえない一昼漬けで、成果のほどはわからないけれど。

最初からそうとわかっていれば、柊子さんに会えるのも楽しみだった。彼女はきれいで礼儀正しいし、人に馴《な》れない動物みたいなところがあって、興味深い。

桐子さんのお誕生会をしたお店、をリクエストしたのは私だった。あそこなら場所を憶《おぼ》えているので直接行かれるし、帰りも地下鉄一本で帰れる。感じのいいお店だったし、お料理もおいしかった。それに――。店に続く坂道をのぼりながら、私はどうしてもそれを考えずにいられないのだけれど、あそこは、私がはじめて原さんに会った場所だ。

黄色く塗られた外壁、庇《ひさし》にBISTRO A VINの文字、ひっそりした暗い道に、そこだけあかりがこぼれている。自分であけるより前に、中から店員さんが扉をあけてくれるのも、この前とおなじだった。上着をあずけ、おずおずと、予約の名前を口にする。

「おみえになってます」

店員さんは、きびきびと言った。

二週間前に会ったばかりなのに、原さんの顔が見えた途端に、ものすごくひさしぶりだった、という気持ちがした。それで、自分でも、相好《そうごう》崩しすぎの笑顔だとわかる顔になってしまった。嬉しいというより、安心して。

「こんばんは」

できるだけゆっくりと歩き、できるだけ表情を普通にして、私は椅子《いす》に坐った。隣の椅子にどさりと大きな鞄《かばん》を置くと、どういうわけか原さんは笑った。三人分セットされたテーブルの、私の隣は空席だから構わないはずなのに。

「やあ」

原さんの声は、すでにすこしのんだ人みたいに愉《たの》し気《げ》だ。

「時間に正確だね」

私は首をすくめてみせる。当然でしょ、という意味だ。

「試験はどうだった？」

「まあまあかな」

私はこたえる。

「出張は？」

「ありがとう。上首尾だったとこたえておくよ」

メールをやりとりしたので、原さんは私が試験中だということを、私は原さんがきょう帯広《おびひろ》から帰ってきたところだということを、知っている。往《い》きの飛行機が遅れたことも、おとといの夜——東京は氷雨《ひさめ》が降っていたけれど——、帯広の空には星がたくさんでていたことも。

「おっ」

窓の外を見て、原さんは言った。

「あれはまちがいなく、僕の好きな柊子だ」

私はびっくりしてしまう。しゃあしゃあとそんなふうに言う人を、私はそれこそ「まちがいなく」、はじめて見た。

店員さんがドアをあけ、柊子さんが入ってくる。寒さで鼻と頬を赤くしていて、それが可愛《かわい》らしく見えた。ストールをはずし、コートを脱ぐ。きょうの柊子さんは黒ずくめだ。セーターもタイトスカートも、ハイヒールもハンドバッグも。

原さんが腰を浮かせ、二人は頰と頰をつける挨拶《あいさつ》をした。

「おかえりなさい」

柊子さんは言い、原さんを見つめる。冬の外気と香水の匂《にお》いが、テーブルをはさんでこちら側の、私にもとどいた。

「こんばんは」

次に私を見て、柊子さんは言った。夫婦の挨拶を見られても、すこしも恥かしそうじゃなかった。私の方が恥かしくなるようなタイミングで、三つのグラスにシャンパンが注がれる。

「お水もください」

私は言い、でも乾杯だけはシャンパンでした。ほんとうにまったく、仲のいい夫婦だ。

サラダと半熟卵の料理に続き、熱々のオニオングラタンスープが運ばれたところで、私の携帯電話が振動した。見ると、珍しくパパからだった。

「もしもし？」

最悪のタイミングだ。もっとも、スープはあまりにも熱そうだから、すぐに食べれば火傷《やけど》をしそうだったけれど。

「美海？」パパは言った。それからいきなり、「ごめん」と。「正月の旅行、今年は無理みたいなんだ」。パパと私は、毎年お正月に旅行をする取り決めになっている。といっても、私が帰国してから、今度で三度目だけれど。

「中止じゃなくて、延期だから」パパは言った。「春休みには、必ず連れていくから」。

私は「わかった」とこたえる。目の前のテーブルクロスや、白い器に入ってまだぐつぐついっているスープや、クロスに直接置かれ、周りにくずを散らしているパンを見ながら。

そのあいだにも、原さんと柊子さんは声をひそめて囁《ささや》き交わし、くくくと可笑《おか》しそうに笑ったり、大げさに目をまるくして見せたりしている。

「外なのか？　随分賑《にぎ》やかなところにいるんだな」

パパが言い、私は、

「うん、外。レストランにいるの。だから切るね」

と、こたえた。電話を切り、鞄にしまってふいに思いだした。そういえば柊子さんは、あのときパパと、ながい「散歩」にでかけたのだった。

お昼寝の時間にパパの部屋に遊びにくればいい。私が言うと、柊子さんはすこしまをおいて、「そうね。じゃあ考えておくわ」と返事をした。乗馬のあと、暑くて埃《ほこり》っぽい道に坐って。あのときの女の人と、いまこうして原さんの隣にいる柊子さんが、私にはうまく結びつかない。全然、結びつかない。

「そうそう、これ、ミミちゃんに持ってきたの」

食事を終え、原さん夫婦の行きつけだという小さなバーに移動して、のみものを注文するより先に、柊子さんは言った。柔らかそうな黒革の鞄から、何かをだしてカウンターに置く。コトン、という重たい音がした。壜《びん》だ。

「ジャムですか？」

店のなかが暗くて中身はよく見えなかったけれど、私はそう訊《き》いてみた。桐子さんの部屋で、何度か見たことのあるものと似ていたから。

「そう。たまたまミラベルが手に入って」

柊子さんはこたえる。私は壜を持ち上げて、照明に透かしてみた。

「ミラベルって？」

それは金色か、飴色《あめいろ》か、杏色《あんずいろ》かのどれかに見えた。とても濃い感じの色に。

「僕はバーボンのロックを。このひとにはいつものね。それで彼女には――」

隣で、原さんがバーテンダーに告げている。途中で言葉を切って私を見たので、私はうなずいた。何にせよ、ためしてみますという意味で。

「じゃあ、彼女にはモスコミュールを」

「果物よ」

柊子さんが簡潔に言う。

「ミラベルっていうのはフランス語で、日本語では何て呼ぶのかわからないけれど、でもともかく果物だわ」

「このひとはジャムを煮るのが好きでね」

可笑しそうに、原さんが言った。

「一年じゅう、何かしらのジャムがある。まあ、市販品より美味《うま》いからいいんだけど、どういうんだろうね、あれは」

店のなかは、騒々しく音楽がかかっている。カウンターのうしろの壁一面に、古色蒼然《そうぜん》たるレコードジャケット。右手のあれは、映画のポスターだろうか。興味深い場所だ。パパはたぶん気に入るだろう。でもママは、暗すぎるし、喫煙者率が高すぎていやだと言うかもしれない。

「とっておけるもの」

柊子さんが言った。

「果物は、ほっておけば傷《いた》んだり腐ったりするでしょう？　でもジャムにすればとっておける。味も香りも濃くなるし、色も濃くなってきれいだしね」

私は、果物は生のままの方が好きだ。そう思ったけれど、言わずにおいた。

「例の曲、かけてもらえる？」

のみものを運んできたバーテンダーに、原さんが訊いた。いいですよ、と、笑顔で応じたバーテンダーは、五十がらみのやさしそうなおじさんだ。白い、毛糸の帽子をかぶっている。

のみものは、とても涼しい味がした。うす甘くて、ぴりっとして――ショウガ？――、全体にライムの味がした。ごくごくのめそうだったけど、用心してすこしずつ啜《すす》る。

原さんは柊子さんに、出張の話をしていた。誰それがきみによろしく言っていた、とか、どこそこで食べたチーズがおいしかったとか。私は、原さんがおとといの星空の話を、しないでくれるといいなと思った。ここは満天の星空。眺めていたら、ミミちゃんを思いだした。メールにはそう書いてあった。私は部屋の窓をあけて、雨の匂いをかいだ。遠い場所の星空と、すくなくとも空気はつながっているのだと思いながら。

「ミミちゃんは、北海道に行ったこと、ある？」

柊子さんに訊かれ、私は、

「ないです」

と、こたえた。

「行ってみたいと思う？」

自分でも、どうしてそんなことを言ったのかわからない。質問がばかばかしかったせいかもしれないし、私を会話にまぜてくれようとする、柊子さんの気遣いがいやだったせいかもしれない。

「いいえ」

ともかく私はそうこたえていた。

「おととい、ちょっとだけどたしかに行った気がするから」

と。柊子さんは、物問いたげに私を見た。ほんのすこし首を傾《かし》げて、話の続きを待つみたいに。それだけです、というしるしに、私は両手を持ち上げてみせる。口にだしてしまった言葉を、ひっこめることはできない。

そのとき、ステッペンウルフがかかった。

「じゃあ、これはミミちゃんに」

原さんに言われ、私は鳥肌が立つくらいびっくりした。「BORN TO BE WILD」だ。この曲が大好きなことを、私は誰にも——原さんにも、ママにも、それどころか、ステッペンウルフを教えてくれた亘くんにも——言ったことがない。

「どうして?」

信じられない気持ちで尋ねた。

「どうしてって、ぴったりだと思ったからだよ、ワイルドなミミちゃんに」

原さんは言い、グラスを揺らしたので、氷が音を立てた。うふふ、と、原さんの隣で柊子さんが笑う。恥かしがりやの少女みたいに、可愛らしく。

お店をでたのは十時半だった。涼しい味のするお酒をもう一杯のみたかったけれど、ママの怒りを想像してやめておいたから。

吐く息が白い。こんな時間でも、この街は賑やかだ。人も車もたくさんいる。柊子さんはまだバーにいる。原さんの鞄やコートと一緒に。だから私にも、原さんがまたそこに戻るつもりであることがわかっている。私をタクシーに乗せ、運転手さんにチケットを渡して、道をこまかく指示したらすぐに。カフェ、自動販売機、横断歩道。

「おっ、あれはまちがいなく、僕の好きな柊子だ」

歩きながら、私は言った。

「大変だ。急いで戻らないと、妻がよその男に言い寄られてしまう」

「ほう」

原さんは応じる。

「それは興味深いな。見物に行かなきゃ」

私は立ちどまり、顔を見た。原さんは余裕で微笑《ほほえ》んでいる。

「まぬけ顔」

率直に感想を述べたけれど、私は、すこし嫉妬《しっと》していたのだと思う。お店にいたあいだじゅう、原さんの右手は柊子さんの膝《ひざ》に置かれていた。いやらしい感じではなくて、ごく自然に。

タクシーは行列していた。先頭の一台の扉があく。私は乗り込みたくなかった。チケットが渡され、行き先が指示される。私にできることは何もなかった。

「ごちそうさまでした。おやすみなさい」

そう言って乗り込むと、原さんはあっさり片手を上げ、扉が閉まった。車が走りだしてすぐに、私はイヤフォンを耳につけた。つけたけれど、スイッチは入れなかった。携帯電話をだして膝に置いた。別れてすぐ——いままで会っていたのに——子供っぽい電話がかかってくるかもしれないと思ったからだ。

タクシーが家に着くまで、結局どっちの機械も、何の音も立てなかった。

試験休みになり、終業式があって、冬休みになった。

十二月。ママは仕事とデートに忙しく、私は毎日暇にしている。ゆうべはDVDを二本観《み》た。「イグアナの夜」という古いアメリカ映画と、「何がジェーンに起ったか?」という、もっと古いアメリカ映画だ。両方ともかなりおもしろかったけど、滑《こっ》稽《けい》な場面で同時に笑ってしまったり、恐《こわ》い場面で一緒に息を呑《の》んだりする相手がいなくて残念だった。一人では、字幕の感想を言い合うこともできない。見終ったときには午前一時をすぎていたけれど、ママはまだ帰っていなかった。

それでも、きょうはシフトの早い日なので、午前七時にでかけて行った。乾燥機のなかのものをたたんでおくように、とか、夕方になったらお米だけ研いでおいて、とか、クリーニング屋さんが集金に来るかもしれないから、午前中はでかけないように、とか、あれこれ書いたメモを残して。

私は朝食の食器を洗い、言われた通り洗濯物をたたんだ。おもては晴れていてあかるい。建築家根岸英彦が、ママと私（と、おじいちゃんとおばあちゃん）のために工夫を凝らして設計した家は、一人の朝には広すぎるし、静かすぎる。

再婚および恋人との関係のその後について、ママは私に何も言わない。あいかわらず電話は毎日のようにかかってくるし、デートの頻度《ひんど》も高いことから、うまくいってるのだとわかるだけだ。

原さんには、あれから何度か電話をかけた。例によって留守電だったけれど、その都度《つど》律儀《りちぎ》にコールバックしてくれて、でもひどく忙しいみたいだ。「会わないの？」私が訊くと、原さんは決まって、「会うさ」とこたえる。こたえるけれど、それは具体的な約束にはならず、たいてい、「近々また連絡するよ」と言われて電話を切ることになる。相手にされてないんだなあ、と思うと、腹立たしくてちょっと淋《さび》しい。

きのう、代官山を歩いていて、ママへのクリスマスプレゼントにフェルトの室内履きを買った。下着とかパジャマとか、よくわからない小物入れとかを売っている店で。ウインドウにうさぎの置物が幾つも飾られていて、それにつられて入ってみたのだった。アメリカでは、うさぎはイースターに春を連れてくる動物ということになっている。幼稚園でも小学校でも、美術の時間に卵の殻に色を塗った。絵をかいても、水玉や縞々《しましま》や抽象模様にしてもよかった。ただし暗黙の了解みたいなものがあって、イースターの飾り用の卵は、色とりどりなら色とりどりなほど、いいとされているのだった。

「贈り物用の包装にしてください」

そんなことを思いだしながら私が言うと、若い女の店員さんは、ものすごく時間をかけてそれをした。内側にうさぎのいるウインドウごしに、冬枯れた街が見えた。

午前十時、私は桐子さんを訪ねることに決めた。すぐにでれば午前中に着けるし、午前中なら、たぶん柊子さんはまだ出勤していない。柊子さんには、なんとなく会いたくなかった。集金に来るかもしれないクリーニング屋さんについては、忘れたふりをすることに決めた。そのくらい、ママがあとで何とかすればいいのだ。いいお天気だし、訪問日和《びより》だ。でかけることにすると俄然《がぜん》元気がでた。桐子さんも、退屈しているかもしれない。

玄関は、吉田さんがあけてくれた。でもすぐに、奥から桐子さんもでてきて、

「あら、ミミちゃん」

と困惑顔で言い、おあがりなさい、寒かったでしょ、吉田さん、紅茶をお願いしま

すね、と言葉が続き、いつも突然来るのねえ、と言ったときには声がほとんど笑っていた。

日ざし、床置き時計、大きすぎる肘掛椅子《ひじかけいす》と、アンティークっぽい側卓。散らかったクッション、置きっぱなしになった新聞。桐子さんの部屋だ。私は早速、台所から椅子を運ぶ。

「きょうは寒いわね。最近は夜よりも朝が寒いわ。俳句の季語で言う霜枯《しもがれ》だわね。『僅《わず》かに高き誰の塚』って、あれは子規《しき》だったかしらね」

桐子さんは一人で喋《しゃべ》る。

「でもよかったわ。しばらくあなたの顔を見なかったから、どうしてるかなと思ってたところだったのよ」

私は、飾り棚の前に小型のオイルヒーターがでていることに気づく。この家で、私がはじめて目にするものだ。桐子さんの冬支度。なんとなく、巣穴にこもっている子《こ》熊《ぐま》を思い浮かべた。

「これ、ちょうどできてきたところなの」

手渡されたのは、画集のようなものだった。表紙が雑誌みたいにやわらかいし、画集というほど豪華ではないけれど、何だろう、美術の参考書？

「展覧会の図録なのよ」

桐子さんが言った。

「ほとんどの部分を、柊子が訳してるの」

大きな正方形に近い、つるつるの頁《ページ》を私はめくる。

「あたしには現代美術はよくわからないんだけど、よくできてると思いますよ、まあ、図録としてはね。画家とか彫刻家とかの人となりがね、わかるところがおもしろいの」

館長挨拶《あいさつ》、というところをすこしだけ読んで、すぐにやめて先に進む。進んでも、私には、随分活字の小さい、しかもびっしり文章のある図録だということしかわからなかった。柊子さんの仕事――。

吉田さんのいれてくれた紅茶は、桐子さんのいれるそれよりも薄かった。熱いのみものをのむとき、桐子さんの唇の上の皮膚には皺《しわ》がよる。私はその皺をついじっと見てしまう。

桐子さんは質問することが好きだ。お母様はお元気？　とか、そういうタイツはどこで買うの？　とか。こたえやすい質問しかしないところが、桐子さんの好きなところ。お行儀のいい人だなと思う。元気です、とか、伊勢丹で、とかこたえながら、私は自分の気持ちが正しい位置におさまっていくのを感じる。自分が誰で、どういう人間なのかがはっきりする感じ。

「こういう灰皿はどこで買うんですか？」

私も訊いた。陶器の、クリーム色の地にピンクの縁どりのついた、小さな可愛《かわい》らしい灰皿だ。

「それはフランスで買ったの」

桐子さんはこたえる。

「じゃあ、あのフロアランプは？」

「ああ、あれは大昔にね、主人がどこかの家具屋でみつけてきたの」

木彫りの羊の置物とか、ガラスでできたキャンディ入れとか、アンティークっぽい側卓とか、この部屋には、それこそどこで売っているのかわからないような物が溢《あふ》れている。

「お勉強、している？」

またべつの質問だ。

「あんまり」

私は正直にこたえる。

「でも授業にはできるだけでて、できればちゃんと聞いています」

桐子さんはうなずく。

「それがいいわ」

自分でも驚いたのだけれど、私はまだママにも話していないことをいきなり言った。

「高校を卒業したら、アメリカの大学に行こうと思ってるんです」

学期末に配られた進路希望票にも、そう書いて提出した。

「そう」

桐子さんはまたうなずく。

「英語をお勉強しているんだもの、きっとそれがいいわね」

大学で英語や英文学を専攻するつもりはなかったけれど、話がややこしくなるので言わずにおいた。桐子さんはにっこりして、

「気をつけてね」

と、続けた。まるで、私があした渡米するみたいに。

お昼ごはんを一緒にどうかと誘われて、辞退した。

「そろそろ柊子も隣にやってくるはずだから」

と言われたときにはすこしだけ迷った。会いたくない気持ちだったけれど、いま帰

ったら避けているみたいで、そう思われるのはいやだったから。でも結局、おいとました。

帰り道は身体が軽い。いつもそうだ。桐子さんは人を笑わせたり冗談を言ったりしないのに、いつもとても、おもしろい。私は明治屋に寄って、なにかいいお昼ごはんを買って帰ることにした。

私の選んだ室内履きを、ママは気に入ってくれた。はりきって三段重ねのケーキを焼き、二人で半分食べた残りを、翌日恋人にあげた（らしい）。毎年のことだけれど、私たちは手分けして、新年を迎える準備をした。一カ月前からすこしずつ始めていた大掃除を終え、冷蔵庫がぎっしりになるくらい食料を買い、玄関にみかんのついた飾りを、門には紐《ひも》で、松の飾りをくくりつける。くくりつけた松の枝に輪飾りを通し終えると、かじかんだ手が、やにでべたべたになった。

パパとの旅行が延期になったので、お正月はママと二人で過ごした。三日にはママの恋人がやってきてしゃぶしゃぶを食べた。彼は年寄りだけれど健啖家《けんたんか》だ。お酒は何でもすこしだけのむ。その日はビールと日本酒だった。すこしだけ、というところが、健康に関してストイックなママに合うのかもしれない。おしゃべりな人じゃないので、食卓は静かだった。そのことが、私には居心地が悪かった。誰も気を遣って喋ったりせず、お客様が来ているのではない感じが。

しゃぶしゃぶの翌日、ママと私はさやかさんに会いに行った。さやかさんというのは亘くんの「おふくろ」だ。亘くんの両親はうちのママとパパの仲人《なこうど》でもあったから、私もうんと昔には会ったことがあるらしいけれど、憶《おぼ》えていない。ママから聞くさやかさん——帰国の挨拶に行ったとき、死んだ御主人のシャツを着て出迎えてくれた——は、ちょっと恐い。でも、亘くんの「おふくろ」だから興味が湧《わ》く。彼女の住んでいる家は、亘くんの実家のわけだし。

曇り空だ。風が強くて、空気は痛いほどつめたい。

「雪でも降ってきそうね」

茅ヶ崎駅の改札をでて、オーバーのポケットに両手を入れて、ママは言った。肩にかけたハンドバッグは、ほとんど背中にまわっている。首には衿巻《えりまき》。

「駅から遠い？」

私は訊き、自分の衿巻に顎《あご》と口を埋める。

「遠い」

私たちはならんで歩く。ママのブーツはコツコツと響き、私のブーツは音をたてない。

「ちゃんと御挨拶するのよ」

小さな子供に言うみたいに、ママは言った。

さやかさんの家は、狭い路地のつきあたりに建っていた。家も表札も木でできていて、庭には飛び石がある。ガレージには、いかにも古そうな赤いヴォルヴォ。縁に軍手をひっかけた手押し車や、鋤《すき》や如露《じょうろ》が置いてあるので、さやかさんはたぶん園芸好きなのだろう。

呼び鈴を押してしばらく待つ。

ドアがあき、でてきた女性は私の想像と全然違った。つやつやのショートボブ。頭しか見えなかったのは、「涼子さん！」「さやかさん！」と互いに言いあって、二人がいきなり抱きあったからだ。びっくりした。足元で、小さい犬が興奮して吠《ほ》えながら跳《は》ねているし。ママの背中にまわされたさやかさんの左手には、結婚指輪がはまっていた。その左手の中指と人さし指のあいだには、煙草《たばこ》がはさまれたままだった。

「美海ちゃん？　まあ大きくなって」

抱擁がすむと、さやかさんは私を見て満面の笑みを浮かべた。大柄な女性だ。たっぷりした黒のタートルネックセーターに、ひらひらした赤いスカート。

「どうぞどうぞ、入って。遠いところまでよく来て下さったわ。これニーナ、静かにしなさい」

茶色いトイプードルを抱きあげ、妙に早口なおばさん喋りでまくしたてる。

「いいのよ、ニーナ、涼子さんと美海ちゃんでしょ、お友達よ、吠えなくていいの」

通されたのは、ピアノのある居間だった。窓辺に木製のベンチ（！）が置かれている。この部屋の家具はみんな亡《な》くなった御主人の手造りなのだと、ママが私に耳うちした。

「もう夕方だもの、いいわよね」

さやかさんはワインボトルを手にしている。

「根岸さんによく似ていらっしゃるわ」

私を見て微笑《ほほえ》んで、さやかさんはママに言った。

「こんなに大きくなって。私たちが年をとるわけだわね」

ほんとうにね、と、ママも応じる。亘くんがあんなにいい青年になって立派にやっていて、ときどきびっくりしてしまう、とか、初めて会ったときにはまだ小学生で、随分《ずいぶん》おとなしい子だなと思ったことを憶えてるけど、とか。

私は不思議な気持ちになった。小学生の亘くん——。ママとさやかさんは、互いをほめ合い始める。

「さやかさんは偉いわ。女手ひとつで亘くんをあそこまで育て上げて」

「あら涼子さんだってそうでしょう？　小さな子を抱えて外国でね、よくなさったと思うわ」

私は部屋を改めて見まわす。亘くんが育った家として。

あちこちに写真が飾ってある。窓辺には観葉植物の鉢植えが三つ。御主人の手造りだという家具はどれも古ぼけている。まるい大きな毛糸玉の入った籠《かご》、椅子に坐《すわ》ったアンティークドール。

私の視線に気づいたのか、

「散らかってるの」

と、さやかさんが言った。

「どうしても物が捨てられなくて」

私は悪いことをしてしまった気持ちになった。べつに、散らかっていると思って見ていたわけじゃないのだ。実際、この部屋は散らかってなどいない。むしろこざっぱりと整頓されている。

「思い出の品ですものね」

ママが口をはさみ、さやかさんは手元のグラスに視線をおとした。ゆっくり揺らして、白ワインをまわす。

「がらくたばっかりよ」

そして言った。淋しげに微笑んで、でも、なんだか誇らしげに。

「それより涼子さん、新しいお相手が現れたんですって？」

口調と話題をいっぺんに変える。

「どんなかた？」

そのとき私は、どういうわけか桐子さんを思いだした。質問のしかたが似ていたからかもしれないし、二人とも御主人が亡くなって、ひとり暮しだからかもしれない。勿論《もちろん》さやかさんはまだおばあさんではないし、暮しぶりも部屋の様子も全く似ていないけれど。

ママは説明する。後藤さんの職業や、いつ出会ったか、どんなおつきあいをしているか。

私は耳をそばだてたけれど、知っていることばかりだった。再婚のさの字もでなかったし、さやかさんも、そこまで具体的には尋ねなかった。二人とも、ワインはほとんどのんでいない。まるで、のむためじゃなく見つめるために、あるいはときどき揺らすために、グラスに注いだとでもいうみたいに。

「私も」

最後にママは言った。

「私もさやかさんみたいに一人の男だけのものでいられたらよかったんだけど」

自分で自分を茶化すみたいな言い方だったので、私には、それがさやかさんへのお世辞なのかママの本心なのか、わからなかった。さやかさんは勢いよく笑いだし、

「ばかなことを言わないで」

と、半ば叱《しか》るみたいな口調で言った。

「根岸さんは生きてるんだからいいのよ。生きている相手に対して、感情を不変のまま保存することはできないのよ」

さやかさんは、他にも何か言っていた。ママがまだ若いこととか、パパだってママの幸せを望んでいるはずだということとか。他にも何か。でも私は半分しか聞いていなかった。感情を不変のまま保存する。その言葉がひっかかっていた。ごく最近、似た言葉を聞いた気がする。いつだろう。どこでだろう。何か、柊子さんと原さんに関係すること。

のジャム。

「主人を慕ってくれていた若い人たちがね」

さやかさんが話している。

「そうなの、よく遊びに来てくれて……ついおとといもね、新年の御挨拶《ごあいさつ》に……」

ジャムだ、と、思いだした。食べてみたらしっかり濃くて甘かったあのジャム。ミラベルという果物だと、柊子さんが説明してくれた、いまうちの台所に置いてあるあのジャム。

とっておけるもの。

あのひと独特のやわらかな声で、でも確信を持って、柊子さんは言った。夫婦のいきつけだという仄暗《ほのぐら》いバーで、ほうっておけば果物は腐るけれど、ジャムにすればとっておける、と。

思いだし、私はなんだかこわくなる。柊子さんは冷静で穏やかで、おばさん喋りのさやかさんとはすこしも似ていない。でもたしかにおんなじことを言った。とっておくこと。二人にとって、それはたぶん大事なことなのだろう。

足につめたいものが触って、見るとさやかさんの犬だった。濡《ぬ》れた小さな鼻をおしつけ、いつでも逃げられるようにお尻《しり》を上げ、頭を低くして匂《にお》いをかいでいる。この犬にとって、私は不審なものなのだ。

「いいのよ、ニーナ。こっちにいらっしゃい」

さやかさんが言う。この部屋のなかで、私を不審だと思っているのはニーナだけだ。そう思うと、私は親近感が湧き、俄然《がぜん》この犬が好きになった。だって、賢い。さやかさんの知人の娘、という立場で私はここにいるわけだけれど、その立場をとり去ったら、ニーナもさやかさんも、私のことは何も知らない。

　私は原さんに会いたいと思った。私を私としてだけ見て、知って、理解してくれた原さんに、できればいますぐに、会いたいと思った。随分年上で、自分のことをもてると（たぶん）思っていて、きれいな妻がいて、私のことなど相手にもしてくれない、留守電ばかりの男のひとに。

　その機会は、でもなかなかやってこなかった。ときどきメールはやりとりしたし、そこには私が嬉しくなってしまうようなこと——ミミちゃんに見せたい、とか、今度一緒に行こう、とか、ミミちゃんなら何て言うだろうかと考えた、とか——がたくさん書かれていたけれど、それだけだった。私は絶対「会いたい」と書かなかった。留守電にも、そういう伝言は残さないように気をつけた。言うのではなく、言われたい言葉だったから。

　そうしているうちに、学校で「三者面談」というものがあり、ママから同棲《どうせい》計画を打ちあけられる羽目になった。

「どうして話してくれなかったの？」

　ママは憤慨していた。曇り空だ。私たちは学校の近くの、テラスつきのカフェに来ている。広い店で、屋内のテーブルもたくさんあいていたのに、ママは屋外の席を選んだ。オーバーも衿巻もつけたまま、籐《とう》の椅子《いす》をひいて坐った。

「いつ決めたの？　いつから考えていたの？」

　ママは手袋をはずし、ポケットにおし込む。私がアメリカの大学に行こうとしていることを、担任の口から聞かされてショックなのだ。担任は担任で、ママが知らなかったことに驚いていた。

「どうして黙ってるの？　ママがあなたに訊いているのに」

　こたえなかったのは、ママの質問が質問のように聞こえなかったからだ。ただの叱《しっ》責《せき》に聞こえた。

「いつからって、憶えてないよ。ずっとなんとなく考えてはいて」

「なんとなく？」

　私の言葉を遮《さえぎ》って、ママはとがった声をだした。

「なんとなく決めるようなことじゃないでしょう?」

「なんとなく決めたんじゃなくて、なんとなく考えてたって言ったの」

「おなじことです」

きっぱりと言われ、私は話す気がしなくなった。ママのママが亡くなって、日本に帰ることになったとき、引越しの多い人生でごめんね、と、ママは言った。せっかくここにお友達もできて、ブラスバンド——私はそのクラブに入っていたのだ——の練習も熱心にしてるのに、と。私は構わないとこたえた。実際、構わなかったから。でもあのときママは私に、勿論、と約束したのだ。勿論あなたの人生はあなたのものだから、大学はこっちに戻ることもできるし、日本の大学を卒業してからこっちに戻ってくることもできるわ。もしそう望むならね——。

ママの眉間《みけん》は、教室をでたときからずっと険《けわ》しく狭められている。白い肌は乾燥していてお化粧がきれいに馴染《なじ》んでいない。運ばれたカフェオレを啜《すす》ると、カップに口紅がついた。私は苛立つ。ママが柊子さんみたいにきれいではないことに。そして、原さんみたいに理性的な会話ができないことに。

「反対してるわけじゃないのよ」

カップを手に持ったまま、私ではなく大通りに視線を向けて、ママは言った。

「でもあなたがいなくなっちゃうなんて、思ってもみなかったから」

大通りには、人、人。午後のこの時間には、一人で歩いている人が多い。配達用のヴァンが一台、ハザードランプをだして道端に停まった。私の学校のある街、私がたどり着き、ママが戻ってきた東京。

「美海」

名を呼ばれ、見るとママが真剣な眼差《まなざし》で私を見ていた。

「ママね、あなたが大学に入学したら、試験的に、試験的にね、後藤さんと暮してみようと思ってるの」

びっくりした。

「どういう意味？　うちで？　うちで後藤さんと暮すの？」

私の声は、私の意図を越えて怒りを滲《にじ》ませた。ママにはママの計画があった、というわけだ。

「パパが私たちのために設計した、あのうちで？」

信じられなかった。ママは何も言わない。寒さに鼻の頭を赤くしたまま、依然として私をじっと見ている。すがるみたいに。

「じゃあ、ちょうどよかったじゃないの」

私は言い、立ちあがった。

「私がいなくなれば、ママはあの家で誰とでも暮せる」

待ちなさい、とママの言うのが聞こえたけれど、振り返らなかった。歩きながらポケットからイヤフォンをだし、両耳にはめた。テーブルのあいだを抜け、デスクの前を通過しておもてにでた。ママは追ってこなかった。

構わない。歩きながら、私は思った。プレイヤーのヴォリウムを上げる。このあたりは私の庭だ。おいしいケーキ屋さんもあるし、図書館もある。パパの事務所まで歩くこともできる。桐子さんのマンションに行ってもいいし、スーパーマーケットをのぞいてもいい。ブティックや、かわいい小物屋だってある。原さんに電話することもできるし、電車に乗って亘くんの店に行き、焼肉を奢《おご》ってもらうことだってできる。

でも、私はそのどれもしなかった。ただ歩きまわっていた。公園を、商店街を、そしてそのあとは大通りを、恵比寿経由で渋谷まで歩いた。制服のまま、目的のある人みたいな速足で。日はすでに暮れていて、空気が、唇と耳に痛いくらいつめたかった。友達と――仲間と？――つるんで遊んでいる子たちを見ると、馬鹿馬鹿《ばかばか》しいと思う反面淋《さび》しかった。自分だけがこの街に、根を下ろしていないような気がした。たくさんの音、たくさんのあかり、たくさんの店、たくさんの人。でもどれも、私のためのものじゃないのだ。

　パパとママの離婚が決定的になった日も、私は街を歩いた。でも、あのときはアマンダが一緒だった。私の手をひいてくれながら、残念ね、と言った彼女の顔を憶《おぼ》えている。ほんとうに気の毒そうな、どこかが痛むみたいな顔だった。港、はためいていたフラッグ、アマンダのかぶっていた毛糸の帽子、買ってもらった甘い揚げ菓子。渋谷から、混雑した山手線に乗った。私はもう九歳ではないのに、九歳のあの日とおなじくらい無力で、おなじくらい途方に暮れている。

　家に帰ると、ママはでかけたあとだった。もともと、デートの予定だったのだ。簡単なメモが置いてあり、夕食も準備してあった。私は半分驚いたけれど、半分は、やっぱりなと思った。カフェで娘と喧嘩《けんか》をしても、というより、そういうことがあったからなおさら、ママには恋人と会う必要があったのだろう。

　私は野菜のポタージュを温め直し、ママの作った蓮根《れんこん》もちを揚げ焼きにして、明太《めんたい》子《こ》とごはんを食べた。それからお風呂《ふろ》を沸《わ》かして入り、テレビのCS放送で、「素晴らしき休日」という映画を観《み》た。白黒の、古き良き時代のハリウッド映画だ。

　観終ったころには気持ちが落着いていて、私はママに、メールを打った。

「調子はどう？　さっき観た映画のなかで、FRESHになまいきっていう字幕がでたよ。私には考えつかない日本語だけど、ぴったりだった。大したものだね、その映画に字幕をつけた人」

　二月になってすぐ、雪が降った。「東京では珍しいほどの大雪」らしい。ボストンの大雪ほどではないけれど、それでも、前の晩に降りだして、朝起きると十五センチも積もっていた。さらにじゃんじゃん降っていたので、私は学校を休んだ。だって、もったいない。一日じゅう窓から外を見て、ときどき外にでて雪にさわる。手のひらに載るくらいの雪だるまも作って、雪柳の下に置いた。雪はお昼には止《や》んだけれど、太陽がでていないので、あしたまでは溶けないはずだ。

　携帯電話が鳴ったとき、私は足の爪《つめ》を塗っていた。プレイヤーにフィービ・スノウをのせ、エアコンを最強にして、窓から庭の雪を見ながら。

「やあ」

　原さんは言った。

「学校に行っているかと思った」

　ひさしぶりに聞く声は、ひどく遠くから聞こえるようでもあり、ものすごく近くにいるようでもあって、私は上手《うま》く返事ができなかった。

「今週、どこかで時間をもらえないかな」

食事をしよう、と、原さんは言った。

「柊子はいま旅行中だから、僕が一人で行くことになるけど、それでも構わなければ」

と。私はどきどきした。

「ミミちゃん？」

「聞いてるよ。続きを待ってるの。構わなければ、何？」

電話の向うで、原さんの微笑《ほほえ》む気配がした。ひっそりと、うつむいて。そして言った。

「構わなければ、きみに会いたい」

私は笑いだしてしまう。嬉《うれ》しくて、手足がはちきれそうになって。

「じゃあ、きょう」

短い沈黙がはさまったので、私の言葉は、たぶん予定外だったのだろう。でも原さんは動じず、「わかった。きょう」とこたえた。静かな、愉《たの》しそうな声で。

街なかでは、雪は見事に片づけられていた。木の枝や塀の上、路上駐車した車の上には積もっているけれど、道のそれは端に寄せられて固められ、汚れて凍りついている。歩行には何の障害もない。厚ぼったい靴下とスノウ・ブーツをはいてきた私は、すこしだけがっかりした。

それでも——。

こんな時間に、こんな街なかを、原さんと歩けるのは愉快だ。あたたかな韓国鍋《かんこくなべ》を食べてきたあとなので、吐く息が白い。

会うなり、原さんは私の服装をほめてくれた。

「いいね。とてもよく似合うよ」

柊子さんにいただいたの、とこたえると、原さんは一瞬だけ驚いて、改めて私の全身を眺めた。私の全身と、外国のおばあさんみたいでかわいい、と私の思っているカウチンセーターとを。

「とてもいいよ」

それからもう一度言った。ゆっくり、確信を持って。

柊子さんは、いま桐子さんと二人で、トルコを旅しているのだという。

韓国鍋は、赤唐辛子《あかとうがらし》の色をした、濃厚な料理だった。モツや野菜を煮込んで食べる。辛かったけれど、お湯割りにした焼酎《しょうちゅう》を舐《な》めながら食べた。

「雪、また降ればいいのに」

食べているあいだ、私は何度もそう言ってしまった。子供のころから、雪の日は特別だった。その特別な日に、原さんと会えたことが嬉しかった。銀世界というわけではないにせよ、街が普段と違う顔をしている。私はまさに、「もりもり」食べた。原さんの顔を見たら、急におなかがすいたのだ。ずっと何も食べていなかった気がした。ずっと、たぶんこの前、原さんと柊子さんとフレンチ・ビストロに行って以来——。

「きょうは随分機嫌がいいんだね」

原さんに指摘されたときには気恥かしかったけれど、返事は自然に口からでた。

「会いたいって言われて、嬉しかったの」

大人っぽい店だった。小さくて静かで、半分地下になっている。原さんの予約したテーブルは、アラビアン・ナイトみたいなカーテンで仕切られていた。

私はいつもより早口になっていたと思う。話したい気持ちが強すぎて、言葉を待てなかったから。

私たちはたくさんのことを話した。私の留学や、ママの同棲計画のこと（いざ話してみると、それらはありふれた出来事に思えた）、原さんの子供のころの雪の思い出や、雪見酒というもののこと、私が一度だけスキーを経験した、カナダのスキー場のこと。ママが七草粥《ななくさがゆ》にお砂糖をかけること、原さんが新年に決まって聴く、シューマンのレコードと彼の「狂気」のこと。お正月の東京は空気が澄んで、きれいだということ。

「驚くよな」

原さんは言った。

「ミミちゃんにはすいこまれる」

それで十分だった。私はにっこりした。原さんが何を言いたいのかわかったから。

「私も、原さんにすいこまれる。言葉がどんどんでてくる。全部わかってもらえちゃうから、もっとわかってもらいたくなる」

そんなふうに、私たちは食事をした。おなかも気持ちもいっぱいになって外にでたとき、腕を組むのは自然なことに思えた。原さんのコートはつるつるして冷たい。頬をつけると、夜の街の匂《にお》いがした。

雪の片寄せられた道を、私たちはこのあいだのバーに向かって歩いている。でも私は、バーではない場所に行きたいと思っていた。ホテルとか、自家用車のなかとか、そういう場所。裸になれる場所に行って、性交をしてみたいと思った。どうしてもこの男のひとと、それをしたい、と、はっきり思った。

へんだけれど、いろんな人の顔が浮かんだ。ママやパパや亘くんや、ボストンで隣に住んでいた老夫婦、それにアマンダの顔まで浮かんだ。あの人たちが知っていて、私がまだ知らないこと――。

「こんばんはぁ」

扉をあけると、カウンターの向うでマスターがにこやかに言った。

「寒いですねえ」

寒いね、とこたえて原さんはコートを脱ぎ、スツールに坐《すわ》った。

「バーボンのロックと」

と言って私を見る。私はこたえず、ただ立っていた。

「どうした？」

音楽、ろうそくの赤い光、つやつやしたカウンター。決心して原さんに近づくと、子供を支える父親みたいに、原さんが私の背中に腕をまわした。

「不行き届きな真似《まね》をしてほしいの」

耳元で言うと、腕が離れた。見つめ合う恰好《かっこう》になったけど、私は緊張して、笑うことも泣くこともできなかった。

原さんはポケットからお金をだして、カウンターに置いた。

「マスター、ごめん。バーボンいいや。藤田が来たら帰ったって言って。それで、これで好きなものをのませてやって」

藤田という人と約束のあるらしいことがわかったけれど、悪いけど私の知ったことじゃなかった。ひらりとコートを羽織って扉をあけてくれた原さんに、黙ってついて行くのが精一杯だった。

二時間後、私はホテルのベッドの上にいる。ネオンが瞬《またた》いていて入口付近に駐車場があるような、ラブホテルと呼ばれる場所に行くのかと思っていたけれど、違った。ここは普通の、立派なホテルだ。私は手持ち無沙汰《ぶさた》で、枕元《まくらもと》のラジオをいじっている。曲に合わせて、原さんがハミングする。

「誰の歌?」

尋ねると、

「最近のジャリタレの歌だよ」

というこたえが返った。ジャリタレ。知らない名詞だったけれど、訊き返さなかった。日本人のラップグループ。私たちは二人とも裸だ。でも、おもしろいことに恥かしくない。毛布の下で仰向《あおむ》けになって、目をつぶってみる。たったいま自分たちのしたことが、映画みたいによみがえってくる。原さんの胸、お腹《なか》、男の人の匂い、肌の熱さ、重くて動けなかったこと、目が合ったとき、原さんの顔が赤黒く見えたこと。これがそれか。そう思うと、私は何だかしみじみした。自分の身体が二時間前までとはべつの物になった気がして、はじめてのそれを、原さんとできてよかったと思った。

「柊子さんたち、いまごろ何してるかな」

思い浮かんだことを、そのまま言った。

「どうだろう。真昼だからな。ミントティでものんでるか、スークでもぶらついているか」

性交は、私の想像していたようなものではなかった。何て言えばいいだろう。ぎょっとするほど独創的なことだった。手と足が狭い場所に八本もあって不気味だったし、私は受け容《い》れるのに精一杯で、途中で原さんに笑われたときには腹が立ったけれど。

「たのしみだな」

私は言った。目をつぶっていても、原さんが横で煙草《たばこ》をくわえたのがわかった。

「何が？」

唇を閉じたままの声。煙草が、たぶん上下したはずだ。

「次に柊子さんと会うのが」

こたえて、起きあがった。返事ができずにいる原さんに、にっこりしてみせた。

おもてにでると、夜気は澄み渡っていた。雪は、大気のつめたさのなかにだけ、その名残をとどめている。

「春休みに、パパとまたプーケットに行くの」

タクシーに乗り、私は言った。深夜でも眠くなかったし、身体じゅうが暖かく、愉快だった。

「去年、私はあそこではじめて柊子さんたちに会ったでしょ。退屈な旅だったけど、その部分はおもしろかったの」

海や、プールや、レストランで会った二人を思いだしながら言った。

「今年は二人がいないからつまらないな」

パパは、きっとまたちがう女の人をみつけるだろう。眺めるための、あるいはちょっと口説くための。

「退屈したら、電話をくれればいい」

原さんは、私の期待した通りのことを言ってくれる。余裕たっぷりに。

「そのヴィラのことは、柊子から聞いて多少知っているんだ。コードレスフォンがあって、テラスからでもかけることができる」

「かけると思う?」

尋ねると、原さんは無言で首をすくめた。御自由にっていう感じで。

「絶対かけない」

私は自分でこたえる。

「柊子さんとはちがうもの」

私と原さんを乗せたタクシーは、夜中の高速道路――すでに見馴《みな》れた――をひた走っている。激怒したママの待つ、私の家に向かって。

十五歳のボーン・トゥー・ビィ

嶽本野ばら

確か数年前、バーのようなお店の席であった気がする、江國さんが海外に行った時のエピソードを語られました。詳しい内容は忘れてしまったのだけれども、自分が小説家である旨《むね》を告げると相手がどういう小説を書いているのかと訊《たず》ねたので「恋愛小説です」、応《こた》えたらしい。この稿を書くにあたりその時の会話をふと想い出しました。

今更確認するべきことではないけれども、江國香織は恋愛小説を書かせれば天下無敵の、同性から圧倒的な支持を受ける作家です。しかし、そもそも恋愛小説って何なのでしょう？

事件が起こり、探偵がトリックや犯人を暴いていく小説はミステリだし、異星人が登場したり登場人物がタイムトラベルする小説はサイエンス・フィクションです。これは間違いない。舞台が江戸や鎌倉なら時代小説。これも書店に行けばそういうコーナーで区分けされているので解りやすい。でも恋愛小説なるカテゴリーは余りに漠然としている。少なくとも書店には恋愛小説の棚というものがないし、問題なく恋愛小説に入れられるのはハーレクイン・ロマンスくらいではないかしらん。男子と女子がいて（男子と男子、女子と女子でも構わぬが）、二人の関係が恋愛に発展する、発展しなくても恋愛感情の喜怒哀楽を描いた物語を全《すべ》て恋愛小説にするならば、森鷗外の『舞姫』も田山花袋の『蒲団《ふとん》』も恋愛小説となります。まぁ、『舞姫』は恋愛小説に入れても文句は出ないかも。ながら『蒲団』を恋愛小説だといえば馬鹿《ばか》にされるでしょう。弟子の女学生への恋慕の情捨て難く、一人、彼女が寝ていた蒲団の匂《にお》いを嗅《か》いで泣く男の話であるからして、恋愛小説の要素は充分に満たしているのですけれども……。

世の中には恋愛小説という言葉が横行しており、この『がらくた』も島清恋愛文学賞を取っているので恋愛小説らしい。ですが僕は『がらくた』を含め江國作品を恋愛小説だと思ったことがないのです。憶測に過ぎませんが、江國さん自身、実は己が王道の恋愛小説を書いているとは思っていないのではないでしょうか。それでも恋愛小説だとするのは、出版社も含め江國作品を恋愛小説として売り出すのは、受けがいいから。多くの人々は小説に限らず恋愛の話題が大好きなのです。自分に何の得がなくとも恋愛をテーマに据えると敏感な反応を示す。どうしてかというと、皆、スケベだからです。

『がらくた』を読了した時、僕は『蒲団』が恋愛小説のカテゴリーからはじかれるなら、これも恋愛小説の体裁は保っているけれど恋愛小説の範疇《はんちゅう》にないと判断しました。で、世間の人は一体、どう受け止めているのかが気になったので、インターネットで検索してみました。すると流石《さすが》、恋愛小説のカリスマ、非公式のファンサイトを含め、様々なレビューや感想文が山のように出てきます。それらの意見を総合すると『がらくた』は「読む人によって好き嫌いがはっきりと分かれる作品ではないだろうか」。ファンというのは有り難く、この作品は嫌いだ、駄作だ、もう江國香織は終わったなどと辛辣《しんらつ》な批判はいたしません。ですから「読む人によって好き嫌いがはっきりと分かれる作品ではないだろうか」なる江國フリークのコメントの真意は「好きかといわれると……嫌いではない、面白いんだけれど……何かイマイチ、納得しかねる」ということになるのだと思います。

江國フリークの読者が戸惑う気持ちはよく解ります。恋愛小説だと期待して読んだのに、この作品は恋愛小説としてのカタルシスを与えてくれないのですから。主人公に感情移入が出来ないままに物語はエンディングを迎えてしまう。しかしそれは江國香織が常に最上の恋愛物語を与えてくれると信じてしまっているが故《ゆえ》。何の先入観もなしに向き合えば『がらくた』はこれまでになかったシンプルかつダイナミックなベースラインを取り込んだ江國香織の新境地であるが自《おの》ずと判明する筈《はず》です。

翻訳の仕事をする柊子は八年前に結婚し、夫を今も愛している。精神的にも肉体的にも。柊子は本ばかり読んでいる母親とバカンスに出掛け、自分が日本にいない間、夫がガールフレンドとセックスをしていると考えると「気も狂わんばかりに悲しく」なる。しかしその悲しさを紛らわせる為ではなく、ごく自然に柊子はホテルのプライベートビーチで知り合ったミミと呼ばれる美しい十五歳の少女、美海とその父親と親しくなり、美海の父親と夜の浜辺で肉体関係を持つ。

物語は帰国後、バービー人形のような容姿を持ちMDプレイヤーでステッペンウルフの『Born to be wild』を聴く美海と、柊子の二つの異なる視点で交互に語られていきますが、柊子のバカンス先でのアバンチュールが夫にバレたりすることもなく、柊子の家族と美海の親子（父親は離婚して一緒に暮らしていないが、美海は自由に逢《あ》うことが出来る）はいわば家族ぐるみでの付き合いとなり、美海は柊子の夫と二人で食事に何度か出掛けたりする仲になります。

恐らく、読者は無意識、柊子の立場でストーリーを追うでしょう。それはセオリーとして間違ってはいない。けれども僕はこの物語の主人公を柊子ではなく、美海にしたいのです。そうすると二つの世界の存在が観《み》えてくるからです。一つは柊子を含めた矛盾も相反する感情も人生の経験で破綻《はたん》なく取り込んでしまっている不可解な「気が狂っている」大人の世界。もう一つは「あの人たちが知っていて、私がまだ知らないこと——。」があるのを理解しながらも眼に映るあるがままの景色をダイレクトに受け止めるしかなく「馬鹿にされた気持ちがするわ」と無力さを実感する美海の少女の世界。大人達の世界と少女の世界は遮断されているけれど、偶《たま》に透けてみえ、穴が空き行き来が可能となる。美海は学校の友人達との関係をなおざりにし、その穴を潜りアリスのよう、大人の世界に潜り込もうとするけれど、頑張ったところで大人達の世界ではマスコットでしかない。誕生日に招待されようが、キスをしようが、従い美海は柊子や父親、母親に脅威を与える者とはなり得ない。

『がらくた』では翻訳の問題が繰り返し出てきます。「マチエールという言葉はマチエールでしかあり得ないのではないだろうか。モデルニテとモダニティでさえ、それぞれ固有の意味と気配と質量を備えており、片方がもう片方より理解しやすいというだけの理由で、置き替えたりしていいはずがないのではないか。」と柊子は考え、美海は母親と映画を観に行くと字幕に就いてよく話し合います。「あれじゃあジョークだってことが伝わらない」とか、「あんなにすっきりした日本語に置き換えられるなんて神業だ」、というふうに……。これはとても象徴的で、同じ出来事を一緒に体験しても柊子達と美海とは居る世界が異なっているのでトランスレートの結果が当然、違ってくることを示唆《しさ》している。どちらが適切な訳かと比較すると柊子達の棲《す》む世界のものが採用される。何故《なぜ》なら「気が狂っている」けれども大人の世界のほうが十五歳の世界よりも力と権限を持っているから。

柊子は美海の世界のほうが自分が生きる世界より健全であるのを直感しています。因《よ》って「嫉妬《しっと》？　だってまだ子供じゃないの、ばかばかしい」、いいながらも母親の「だからこそでしょ。子供と大人の中間で、あんたが失ったものと手に入れたものを両方持っていて。いましかないっていう種類の生命力があるから」――返されると反論が出来ません。後に柊子は美海に就いて語ります。「五年後じゃなくて三年後でも、いっそ一年後でもいいんだけど、もしどこかで再会したら、彼女はまるで違っちゃってるわね、きっと。しわが増えたりとか太ったり痩《や》せたりとか、そりゃあ外見はね、私だってママだって多少違ってるでしょうけどそういうことじゃなくて、何て言うのかしら、いま確かにあそこにいる彼女は、一年後にはこの世のどこにもいないんだなあって、いまいるのに同時にいない存在だなんて奇妙で、幻とか幽霊とか宇宙人とかを見てるみたいで、それで目がはなせなかったのかもしれない」。

荒っぽくいってしまえば『がらくた』は、硬直した大人の世界に挑むフリーキーな少女の物語なのではないでしょうか。されど、江國香織は普通なら少女の世界と対立したものとして提示すべき大人の世界と法を否定せず——無論、肯定もせず——少女の前に置くのです。反抗して成長していく古めかしい弁証法はもはや成立しないというこの独自性はとても刺激的です。

江國香織はコントロール出来ない自意識を作品にぶつけたり、苦悩する姿を曝《さら》け出し関心を抱かせるような真似《まね》をしないクレバーな作家です。恋愛小説というパッケージを使い作品を発表するのはスケベな読者への気配りで、恋愛至上主義を推進しようとしているのではない。恋愛から人間の欲望の最果てを曝け出す作業にこそ関心がある。何せ、友達同士のトラブルに冷静に対処出来る人でも、恋愛感情が絡《から》むと一転、監禁したり殺したり常軌を逸してしまうものですから。

『がらくた』からは恋愛小説としてのカタルシスを得られずとも、十五歳の輝かしい季節をステッペンウルフを聴きながらワイルドに突き抜けようとする少女の歌声が心地良く響いてきます。そのパワーは恋愛小説によって恋愛小説を破壊する程に力強く、真《ま》っ直《す》ぐで、美しい。美海の過去とも未来ともしがらみを持たぬ野性が眩《まぶ》しく映る時、破綻なく繰り返される僕らの日常はまさに——がらくたの如く色褪《いろあ》せます。

（平成二十二年一月、作家）

この作品は平成十九年五月新潮社より刊行された。

江國香織著　きらきらひかる

二人は全てを許し合って結婚した、筈だった……。妻はアル中、夫はホモ。セックスレスの奇妙な新婚夫婦を軸に描く、素敵な愛の物語。

江國香織著　こうばしい日々
坪田譲治文学賞受賞

恋に遊びに、ぼくはけっこう忙しい。11歳の男の子の日常を綴った表題作など、ピュアで素敵なボーイズ&ガールズを描く中編二編。

江國香織著　つめたいよるに

愛犬の死の翌日、一人の少年と巡り合った女の子の不思議な一日を描く「デューク」、デビュー作「桃子」など、21編を収録した短編集。

江國香織著　ホリー・ガーデン

果歩と静枝は幼なじみ。二人はいつも一緒だった。30歳を目前にしたいまでも……。対照的な女性二人が織りなす、心洗われる長編小説。

江國香織著　流しのしたの骨

夜の散歩が習慣の19歳の私と、タイプの違う二人の姉、小さな弟、家族想いの両親。少し奇妙な家族の半年を描く、静かで心地よい物語。

江國香織著　すいかの匂い

バニラアイスの木べらの味、おはじきの音、すいかの匂い。無防備に心に織りこまれてしまった事ども。11人の少女の、夏の記憶の物語。

江國香織著

雨はコーラがのめない

雨と私は、よく一緒に音楽を聴いて、二人だけのみちたりた時間を過ごす。愛犬と音楽に彩られた人気作家の日常を綴るエッセイ集。

江國香織著

ウエハースの椅子

あなたに出会ったとき、私はもう恋をしていた。出会ったとき、あなたはすでに幸福な家庭を持っていた。恋することの絶望を描く傑作。

江國香織著
銅版画 山本容子

雪だるまの雪子ちゃん

ある豪雪の日、雪子ちゃんは地上に舞い降りたのでした。野生の雪だるまは好奇心旺盛。「とけちゃう前に」大冒険。カラー銅版画収録。

江國香織著

犬とハモニカ

川端康成文学賞受賞

恋をしても結婚しても、わたしたちは、孤独だ。川端賞受賞の表題作を始め、あたたかい淋しさに十全に満たされる、六つの旅路。

江國香織著

ちょうちんそで

雛子は「架空の妹」と生きる。隣人も息子も「現実の妹」も、遠ざけて——。それぞれの謎が繙かれ、織り成される、記憶と愛の物語。

江國香織著

ひとりでカラカサ さしてゆく

大晦日の夜に集った八十代三人。思い出話に耽り、それから、猟銃で命を絶った——。人生に訪れる喪失と、前進を描く胸に迫る物語。

角田光代著

キッドナップ・ツアー

産経児童出版文化賞・路傍の石文学賞受賞

私はおとうさんにユウカイ(=キッドナップ)された! だらしなくて情けない父親とクールな女の子ハルの、ひと夏のユウカイ旅行。

角田光代著

さがしもの

「おばあちゃん、幽霊になってもこれが読みたかったの?」運命を変え、世界につながる小さな魔法「本」への愛にあふれた短編集。

角田光代著

しあわせのねだん

私たちはお金を使うとき、べつのものも確実に手に入れている。家計簿名人のカクタさんがサイフの中身を大公開してお金の謎に迫る。

角田光代著

くまちゃん

この人は私の人生を変えてくれる? ふる/ふられるでつながった男女の輪に、恋の理想と現実を描く共感度満点の「ふられ小説」。

角田光代著

平凡

結婚、仕事、不意の事故。あのとき違う道を選んでいたら……。人生の「もし」を夢想する人々を愛情込めてみつめる六つの物語。

森絵都著

あしたのことば

小学校国語教科書に掲載された「帰り道」や、書き下ろし「%」など、言葉をテーマにした9編。すべての人の心に響く珠玉の短編集。

山田詠美著

ひざまずいて足をお舐め

ストリップ小屋、SMクラブ……夜の世界をあっけらかんと遊泳しながら作家となった主人公ちかの世界を、本音で綴った虚構的自伝。

山田詠美著

色彩の息子

妄想、孤独、嫉妬、倒錯、再生……。金赤青紫白緑橙黄灰茶黒銀に偏光しながら、心のカンヴァスを妖しく彩る12色の短編タペストリー。

山田詠美著

ラビット病

ふわふわ柔らかいうさぎのように、いつもくっついているふたり。キュートなゆりちゃんといたいけなロバちゃんの熱き恋の行方は？

山田詠美著

放課後の音符《キイノート》

大人でも子供でもないもどかしい時間。まだ、恋の匂いにも揺れる17歳の日々――。放課後にはじまる、甘くせつない8編の恋愛物語。

山田詠美著

ベッドタイムアイズ・指の戯れ・ジェシーの背骨

文藝賞受賞

視線が交り、愛が始まった。クラブ歌手キムと黒人兵スプーン。狂おしい愛のかたちを描くデビュー作など、著者初期の輝かしい三編。

山田詠美著

蝶々の纏足・風葬の教室

平林たい子賞受賞

私の心を支配する美しき親友への反逆。教室の中で生贄となっていく転校生の復讐。少女が女に変身してゆく多感な思春期を描く3編。

山田詠美著　アニマル・ロジック
泉鏡花賞受賞

黒い肌の美しき野獣、ヤスミン。人間動物園、マンハッタンに棲息中。信じるものは、五感のせつなさ……。物語の奔流、一千枚の愉悦。

山田詠美著　ぼくは勉強ができない

勉強よりも、もっと素敵で大切なことがあると思うんだ。退屈な大人になんてなりたくない。17歳の秀美くんが元気溌剌な高校生小説。

三浦しをん著　きみはポラリス

すべての恋愛は、普通じゃない——誰かを強く大切に思うとき放たれる、宇宙にただひとつの特別な光。最強の恋愛小説短編集。

三浦しをん著　桃色トワイライト

乙女でニヒルな妄想に爆笑、脱力系ポリシーに共感。捨てきれない情けなさの中にこそ愛おしさを見出す、大人気エッセイシリーズ！

三浦しをん著　風が強く吹いている

目指せ、箱根駅伝。風を感じながら、たすき繋いで、走り抜け！「速く」ではなく「強く」——純度100パーセントの疾走青春小説。

三浦しをん著　私が語りはじめた彼は

大学教授・村川融をめぐる女、男、妻、娘、息子……それぞれの「私」は彼に何を求めたのか。人間関係の危うさをあぶり出す、連作長編。

新潮文庫最新刊

綿矢りさ著
あのころなにしてた？
仕事の事、家族の事、世界の事。2020年めまぐるしい日々のなか綴られた著者初の日記エッセイ。直筆カラー挿絵など34点を収録。

B・ブライソン
桐谷知未訳
人体大全
―なぜ生まれ、死ぬその日まで無意識に動き続けられるのか―
医療の最前線を取材し、7000秄個の原子の塊が2キロの遺骨となって終わるまでのすべてを描き尽くした大ヒット医学エンタメ。

花房観音著
京《みやこ》に鬼の棲む里ありて
美しい男妾に心揺らぐ〝鬼の子孫〟の娘、女と花の香りに眩む修行僧、陰陽師に罪を隠す水守の当主……欲と生を描く京都時代短編集。

真梨幸子著
極限団地
―一九六一 東京ハウス―
築六十年の団地で昭和の生活を体験する二組の家族。痛快なリアリティショー収録のはずが、失踪者が出て……。震撼の長編ミステリ。

幸田文著
雀の手帖
多忙な執筆の日々を送っていた幸田文が、何気ない暮らしに丁寧に心を寄せて綴った名随筆。世代を超えて愛読されるロングセラー。

ガルシア＝マルケス
鼓直訳
百年の孤独
蜃気楼の村マコンドを開墾して生きる孤独な一族、その百年の物語。四十六言語に翻訳され、二十世紀文学を塗り替えた著者の最高傑作。

がらくた

新潮文庫　え－10－16

平成二十二年三月一日発行
令和六年八月三十日六刷

著者　江《え》國《くに》香《か》織《おり》

発行者　佐藤隆信
発行所　株式会社新潮社
郵便番号　一六二―八七一一
東京都新宿区矢来町七一
電話　編集部(〇三)三二六六―五四四〇
読者係(〇三)三二六六―五一一一
https://www.shinchosha.co.jp

印刷・大日本印刷株式会社　製本・加藤製本株式会社

ISBN978-4-10-133926-9 C0193